Farándula

Marta Sanz

Farándula

EDITORIAL ANAGRAMA

BARCELONA

Ilustración: © Jordi Labanda

Primera edición: noviembre 2015

Diseño de la colección: Julio Vivas y Estudio A

© Marta Sanz, 2015

© EDITORIAL ANAGRAMA, S. A., 2015
 Pedró de la Creu, 58
 08034 Barcelona

ISBN: 978-84-339-9800-2
Depósito Legal: B. 24877-2015

Printed in Spain

Liberdúplex, S. L. U., ctra. BV 2249, km 7,4 - Polígono Torrentfondo
08791 Sant Llorenç d'Hortons

El día 2 de noviembre de 2015, un jurado compuesto por Salvador Clotas, Paloma Díaz-Mas, Marcos Giralt Torrente, Vicente Molina Foix y el editor Jorge Herralde otorgó el 33.º Premio Herralde de Novela a *Farándula,* de Marta Sanz.

Resultó finalista *El instante de peligro,* de Miguel Ángel Hernández.

Tengo aspecto de fuerte e independiente y una voz que proyecto como debe hacer un actor: desde abajo.

MARÍA ASQUERINO

El teatro no es un mundo natural para quienes ponen en duda lo que quiera que se entienda por glamour.

LILLIAN HELLMAN

«That's entertainment!»

ARTHUR SCHWARTZ y HOWARD DIETZ (1953), en el musical para la Metro-Goldwyn-Mayer *The Band Wagon*, dirigido por Vincente Minnelli y protagonizado por Cyd Charisse y Fred Astaire

Faralaes

I

«APOCALYPSE NOW»

Valeria Falcón, una mujer de nombre aéreo, espectacular, y aspecto endeble, anodino, cruzaba a buen paso la Puerta del Sol. Se dirigía, como todos los jueves sobre las siete de la tarde, hacia la casa de Ana Urrutia, una vieja actriz que, igual que Greta Garbo, supo retirarse antes del descascarillado del cutis y el deterioro de las fundas dentales, y consiguió que algunas veces el público de cierta edad se preguntara: «¿La Urrutia se ha muerto o aún vive?» Desde detrás del cristal de su terrario, Ana Urrutia, espesa Ana, aguardaba quizá el momento oportuno para renacer mientras Valeria, enérgicamente, clavó el tacón de una de sus botas en la rendija de un respiradero. Entonces comenzó el horror.

Conversaciones y motores de helicóptero. Jerigonzas. Cajas de cambio a punto de cascar. Los gallos de un predicador rumano y las confidencias de las putas. El borboteo de la carne en salsa y los politonos de los móviles. Cascabeles. El hilo musical –perreo, máquina, bacalao, melódico caribeño, *abachatado*, armonías industriales o música de anuncios...– que sale de las zapaterías y el vals de las olas que escapa, junto al olor a jabón, de las tiendas de perfumes. Pompitas. Valeria Falcón, entre el tumulto, se dio cuenta de que no hubiese logrado identificar el sonido de sus pasos sobre el pavimento y, aunque era una mujer joven y no una anciana enferma de Alzheimer que se ha escapado de la vigilancia de su cuidadora –«Una cuñada que nunca me quiso», la vieja se lo aclara a quien la quiera escuchar–, de repente, en el centro mismo de un centro del mundo, como la plaza Omonia, Tiananmen, el Zócalo, Trafalgar o Times Square, Yamaa el Fna, allí, Valeria Falcón, atrapada en la rendija del respiradero como un animal con la patita presa en la trampa, se sintió perdida. No reconocía lo que la rodeaba. Valeria sufrió un segundo de amnesia, desarraigo, desubicación. Un fundido a negro. Tuvo que pararse a pensar. Se preguntó quién era y hacia dónde se encaminaba. Recorrió circularmente con la mirada la Puerta del Sol, sin moverse del punto exacto en el que se había quedado clavada como aguja de compás. Paralítica de cintura para abajo.

Todo empezó a dar vueltas en torno a Valeria Falcón, que archivó en sus retinas: un autobús para la donación de sangre, los donantes abren y cierran la mano tendidos en sus camillas de escay, son altruistas que pesan más de cincuenta kilos, buenas personas que no cobran por regalar sus tuétanos. España es un país pionero y campeón en la donación de órganos y en los guisos preparados con entresijos, bofes y riñones de corderito. Valeria, inmóvil en mitad de la plaza, anotó mentalmente: *illuminati* sin estudios superiores, gente que sabe porque se lo ha enseñado la vida, profetas que hablan español con lengua de trapo y que no están corrompidos por el conocimiento de la universidad ni de las academias de educación a distancia, adoradores de Dios padre, en torno a los que se arremolina cada vez más

16

público. La Puerta del Sol, anocheciendo, comienza a parecer una película rodada en los Estados Unidos. Valeria rotó sobre su eje y sacó polaroids cerebrales de: un campamento hecho con cartones y lonetas que se mueven con el viento del norte, damnificados con pancartas, un damnificado y un manifestante no son términos sinónimos aunque puedan confluir en alguna coordenada del espacio y del tiempo, trabajos manuales, un palo y una cartulina, caligrafía de párvulo que no pone mucho interés en completar sus planillas, palote, palote, palote cruzado, caligrafía no muy experta, desacostumbrada, «Los bancos nos roban», «Delincuentes», «Devolvednos lo nuestro», «Estafa institucional», «Todos, todos, todos son iguales» –no habla una mujer engañada por su esposo–, «¡Robin Hood!, ¿dónde te has metido?», «Danos el pan, mas líbranos del mal, amén» –no habla un creyente–. Valeria disparó otras vertiginosas fotografías en blanco y negro; sus pupilas hicieron *clic, clic:* los mendigos se sonríen y apuran sus tetra briks de morapio, seres deformes subrayan su deformidad con gran destreza y piden con un vasito, dan lástima y repelús, irritantes, súcubos, íncubos, amenazadores, la pierna dentro de los hierros se va retorciendo varios grados por segundo y el ojo se sale cada vez más de su órbita...

Valeria registró incluso las visiones que se le habían quedado prendidas al rabillo del ojo mientras bajaba por la calle Montera: hombres anuncio compran y venden oro y otros minerales para fabricar dientes falsos, anunciantes de casas de empeño con chalecos color amarillo o naranja flúor –¿por qué?, ¿por qué?, ¡este lugar sólo es para peatones!–, repartidores de publicidad –las tres últimas categorías, hombres anuncio, anunciantes, repartidores de publicidad, son la misma–, loteros y loteras, policías con perros pastores dispuestos a morder, policías secreta disfrazados de chavali-

17

tos hippies o modernos como si Serpico no hubiese pasado a la historia, vendedores ambulantes de objetos voladores, cosas moradas, libélulas cutres, que se lanzan al aire, vuelan un segundo, brillan y vuelven a caer al suelo, casas de apuestas y tiendas de souvenirs con camisetas blancas de futbolistas a los que les brilla el torso depilado como si se embadurnaran de aceite, grimosos: al cogerlos entre las manos seguro que se resbalan como una trucha.

Valeria estuvo a punto de morir de una sobredosis de esos fogonazos que provocan ataques epilépticos en la pista de baile de la disco. Pero siguió acumulando flashes: curiosos buscan el mítico anuncio de Tío Pepe o la horrenda estatua del oso y el madroño, y encuentran ópticas, ópticas y ópticas por todas partes, el boom de las ópticas para ver ¿el qué?, putas rezagadas de la calle Montera se comen un plátano subidas en botas de plataforma, muslos prietos dentro de medias de licra, faldas cinturón, chicas muy guapas, eslavas, africanas, de Valdemorillo, de Pinto, de Valdepeñas o Coimbra, otras rebañan los restos de tomate de un tupperware a la entrada de un portal y de postre fuman un cigarro, turistas japoneses fotografían con sus teléfonos inteligentes –smartphones– escaparates de tiendas de telefonía móvil –hay algo de mortuorio *déjà vu* en el gesto, la foto y la repetición, la telefonía dentro de la telefonía...–, algunos se limpian la boca tras salir de un dispensario de hamburguesas o un buffet libre, casi libre, «Coma todo lo que pueda por nueve noventa y cinco», qué asco, desperdigadas visiones, desubicadas, adolescentes mascan chicle, chupan caramelos, besan con lengua, lamen polos, tienen siempre la boca ocupada, fuera de servicio, adolescentes comen pipas y echan las cáscaras sobre el kilómetro cero, estatuas vivientes cambian de postura al oír el tilín de una moneda de veinte céntimos contra el platillo, Minnie Mouse

–chivata de la policía– posa obscenamente para que la fotografíen, precipitados transeúntes se miran los pies y bajan a coger el metro o un tren de cercanías en el intercambiador de Sol.

«Es el apocalipsis now», pensó Valeria, que, mareada en el vórtice del sumidero, sacó el tacón de la rendija con un contundente golpe de pierna y reanudó la marcha, apretando el paso y subiéndose el cuello del anorak porque estaba helada de frío y ya llegaba tarde.

Demasiado tarde.

DANIEL VALLS SE COME LA CÁMARA

Aquéllos eran los años de esplendor de Daniel Valls, que acababa de recoger su Copa Volpi en Venecia y se preparaba para viajar a la Berlinale, donde coincidiría con Jane Fonda, quien había declarado que aunque exteriormente su aspecto fuese magnífico, por dentro se descomponía poco a poco de forma inexorable –osteoartritis pertinaz–, y con Matt Damon, ese gran muchacho que, por una causa noble y ecológica, se fotografiaba con un asiento de váter alrededor del cuello. También estaba a punto de hacer una parada en Madrid para asistir a la gala de los Goya, a la que acudiría acompañado de su amiga del alma, confidente, cómplice y paradigma de pureza, Valeria Falcón. La gala se adivinaba difícil porque, como era habitual desde hacía algunos años, en ella se contraponían dos puntos de vista sobre la función social del cine: el espectáculo frente al compromiso; la necesidad de entretenerse, de aliviarse, el glamour, la fábrica de sueños y los bellísimos trajes de noche de las actrices que pisan las alfombras rojas o verdes, frente a la urgencia de rebeldía y contestación ante las cosas que pasan... «El eterno

19

retorno», pensó con pereza Daniel Valls. Sin embargo, estaba seguro de que ninguna gala de los Goya llegaría a ser tan corrosiva como la que él presentó. Aquélla fue la primera vez que le llovieron esos chuzos de punta que se le clavaron, como rayos de un Júpiter, furioso y tonante, en las zonas neurálgicas del cráneo. Migrañas. Daniel Valls se sintió tontorrón: cómo pudo llegar a creer que le agradecerían la generosidad de que peleara por él y por todos sus compañeros. Los enemigos se le tiraron a la yugular y los amigos no hicieron acto de presencia. Los amigos callaron porque estaban seguros de que Daniel Valls no necesitaba nada. Ni protección ni apoyo. Entonces fue cuando se exilió en París, sintiéndose bendecido por todos los dioses y por el amor, pijo y cuidador, de Charlotte Saint-Clair.

Daniel Valls estaba imponente –no guapo, pero sí magnético: tenía tendencia a ensanchar y respondía a un fenotipo carpetovetónico– con su esmoquin y su pajarita azul desfilando en la entrada del Lido veneciano. Daniel, a diferencia de otros hombres que se *horterizaban* y serializaban al anudarse una pajarita o al ponerse determinado tipo de conjunto chaqueta pantalón, nunca parecía un camarero. A no ser que se empeñase en ser un camarero por exigencias del guión: entonces no había un camarero más camarero que Daniel Valls, que había nacido con una bandeja cosida a la mano y una sensibilidad innata para detectar a los clientes que dejan propina. Era un actor camaleónico y a veces costaba reconocerle: adicto al sexo, paralítico cerebral, asesino, padre de familia, abogado de éxito que en la infancia había sido víctima de abusos –felaciones dentro de la bañera principalmente– por parte de su madre, sombrerero loco. La metamorfosis no se producía gracias a la sofisticación del maquillaje, sino gracias al cambio en la expresión, el encorvamiento de la columna, la forma de decir en diferentes lenguas que no llegaba a dominar. «Ni siquiera la suya propia», rumiaban algunos resentidos.

En sus comienzos, los críticos lo habían señalado entre la multitud: «Este muchacho se come la cámara.» Daba igual que se disfrazase de oficial del ejército rojo, destripaterrones, psiquiatra o traductor de la UE, Daniel Valls siempre se comía la cámara. También desde el primer momento surgieron las reticencias: «Éste ha nacido con una flor en el culo.» La manida cuestión *match point* sobre hacia qué lado caerá la pelotita cuando roza la red y se eleva en el aire mientras los observadores aún no pueden definir si la gravedad la hará oscilar hacia el sector izquierdo o derecho de la pista de tenis era menos estremecedora que la idea de que nada dependiera de la suerte y todo se explicase a través del talento o el esfuerzo realizado. «¿Es posible sobreponerse a las condiciones más adversas?», se preguntaba Valls al reconstruir los rincones de su pequeña habitación infantil y su modesta colección de posavasos. Daniel Valls se acordó de su compañera Valeria Falcón al recibir la Copa Volpi. Se le acalambraron las canillas en el preciso instante en que una viejísima Monica Vitti le entregaba su Copa en el Lido de Venecia.

Valls había ganado la Copa Volpi por su interpretación de un hombre, ni mejor ni peor que otros muchos, que un día compra un rifle con mira telescópica, sube a una azotea y comienza a disparar. El actor lograba que los espectadores del film, dirigido por el gran director surcoreano residente en Los Ángeles Mulay Flynn Austen, empatizasen con ese pobre individuo que mataba sin haber tomado la decisión de matar. Por exigencias de la naturaleza en un instante de comunión con la crueldad del mundo. Un dejarse ir que, al final, es una forma de suicidio. A lo Meursault. Y, *pluff*, de pronto la vida estalla en la conciencia de la desgracia. Desde ese enfoque, Daniel preparó su personaje. Era un enfoque que llevaba de moda más de medio siglo: el absurdo, la finitud de la vida que constituye el absurdo en sí, entre el ser y la nada la angustia de vivir, la búsqueda casi imposible, titánica, de la dignidad. Porque libertad era una palabra que quedaba muy grande en cualquier boca. Daniel Valls había conseguido una interpretación a la vez muy intelectual y muy física. Los críticos estaban de acuerdo en que el actor español, aunque ya habían pasado algunos años desde su irrupción en el mundo del cine, seguía comiéndose la cámara. Pocos rostros resultaban tan intensos y naturales como el de Daniel Valls. Su fotogenia y su expresividad estallaban en el centro del plano. «Una merecidísima Copa Volpi», rezaban los titulares de la prensa internacional. La nacional era menos entusiasta: «Ni un recuerdo para el cine español en el discurso de Valls», «¿Por qué vive Valls en París?». El actor intentaba echarle sentido del humor: «¿Qué desayunan los periodistas españoles?, ¿ajos?» O estoicismo refranero: «Nadie es profeta en su tierra.»

Daniel se había pagado los estudios haciendo el turno de noche de un taxista que miraba aprensivamente a los noctámbulos. En sus años de estudiante, casi no experimentó con el teatro *amateur*. Valeria, sin embargo, pasó la juventud desnuda o vestida sobre las tablas. Daniel, siempre que hacía una escala técnica en Madrid —como dirían los gilipollas—, se tomaba un café o una copa con Valeria. Se habían acostado juntos, pero dejaron de hacerlo porque se aburrían mientras follaban. A la mujer su compañero sexual le parecía a ratos demasiado dominante: tenía la impresión de que le hubiese gustado embridarla, ponerle un bocado de mula Francis y clavarle en las costillas la espuela del capataz. Para él, cuando Valeria se metía en la cama perdía el aura —el polvillo de estrella— del glamour de la familia

22

Falcón, egregia estirpe de cómicos. Dejaron de hacer el tonto antes de que se produjera alguna confusión costosa e irreversible.

Valeria era el ejemplo vivo de que tener talento nunca ha sido suficiente para triunfar. O tal vez era una opción. Un acto de dignidad. Porque, quizá, no el fracaso pero sí un éxito no absoluto era la consecuencia de haber hecho una elección digna, una prueba de honestidad y pureza ética y estética. Valeria Falcón nunca, nunca se había lamido las heridas, nunca se había excusado: «Daniel, ¿hasta qué punto podemos elegir?» Él no se sentía capaz de responder a esa pregunta. No era gilipollas aunque las malas lenguas se encargaran de difundir el bulo de que para ser un buen actor convenía bordear la oligofrenia.

Daniel fue actor de reparto en malas producciones nacionales hasta que empezó a obtener papeles bastante lucidos en el cine italiano, danés, francés, alemán... Incluso Hollywood llamó a su puerta, pero Daniel declinó la invitación porque le interesaban más los proyectos que estaban desarrollándose en Europa. Una vez triturado por las aspas de la suerte –la suerte es una minipímer–, no supo si alegrarse o echarse a llorar. Reflexionaba: «Pero ¿qué significa el triunfo, qué significa el talento, qué significa la suerte?» Entonces sus detractores se le echaban encima para recordarle que esas preguntas sólo puede formulárselas alguien que habla desde arriba, que los que no han llegado a ninguna parte no andan dándole vueltas a semejantes chorradas. «El triunfo es estar de acuerdo», le susurraba una voz en la banda sonora de sus peores pesadillas. La banda sonora de sus peores pesadillas podía llegar a ser muy cruel: «Me refiero al triunfo en vida, naturalmente.» Daniel Valls no podía abrir la boca porque si decía blanco, la mayoría informada opinaría que hubiese debido decir negro. Y viceversa. Siempre viceversa. No sabía cómo acertar y vivía en una contradicción que le agudizaba sus incipientes síntomas de úlcera: necesitaba complacer al público y, a la vez, complacer al público le parecía una actitud súcuba, barata, una prostitución. «Tú, mejor calladito», le decía su agente. Daniel Valls, sabedor de su éxito, estaba convencido de que triunfar en este mundo que a él le parecía una mierda era una forma de equivocarse. No se sabía defender de esa certeza y sufría, y su sufrimiento coagulaba en una vida interior que se le adivinaba en el brillo de los ojos y en la intensidad de la mirada, aportando mucho, mucho lustre a los papeles más difíciles.

Daniel Valls vivía en París porque en España le resultaba difícil. El acoso de los admiradores. Las aglomeraciones. Las mentiras de la prensa del corazón. Los bulos respecto a su condición sexual, su homosexualidad encubierta o su enfermizo donjuanismo. Cuando le preguntaban qué echaba de menos, él solía siempre responder: «Los amigos, las tapitas, las terrazas de los bares en verano...» «Las croquetas de mi madre, no te jode», reaccionaban las voces críticas. Se había convertido en una estatua contra la que lanzar huevos y tomates. A Daniel Valls el rencor de clase no le parecía mal, incluso diría que era legítimo, sobre todo teniendo en cuenta los tiempos que corrían. Pero no entendía que la gente lo lanzase contra él. No entendía que no considerasen que él podía ser un aliado más que un enemigo. No le gustaba ver cómo a toda velocidad dejaba de formar parte de las cosas. Cómo la palabra «pueblo» se iba transformando dentro de su mente en la palabra «populacho».

Daniel Valls vivía en París porque, un día, se dio cuenta de que se moría de miedo cada vez que salía a la calle. Y la causa de su miedo no eran las adolescentes que le pedían autógrafos.

Mientras Valeria Falcón contemplaba absorta el centro de Madrid, Natalia de Miguel tenía veintidós primaveras. Había venido a Madrid, desde Córdoba, para estudiar solfeo e interpretación en una escuela privada que gozaba de gran prestigio. Por sus aulas habían pasado, entre otros actores y actrices, el famosísimo Daniel Valls o la no tan famosa, pero respetada y muy querida en el mundo teatral, Valeria Falcón, que ahora impartía clases en esa escuela, porque había catado los sinsabores de permanecer parada durante largos periodos de tiempo. Valeria le había alquilado a Natalia una habitación en su propio piso. El trabajo del actor es precario y veleidoso, y a Valeria no le venía mal el dinero para cubrir gastos. Costaba mucho no obsesionarse con las economías domésticas: Valeria a veces no encendía la luz cuando iba a hacer pis y sólo ponía la calefacción cuando comenzaba a notar que sus dedos estaban a punto de esconderse dentro del pie como caracoles o tortugas en el interior de su concha. Compraba marcas blancas y había sustituido el pescado fresco por pescado congelado. El pescadero añoraba el buen ojo de Valeria Falcón para elegir los besugos con su mancha negra bajo la agalla o esos boquerones que de tan frescos parecían metálicos. Piezas de maestro platero. Por su parte, Natalia se enorgullecía del lazo amistoso que, pese a la diferencia de edad y formación, iba apretándose cada día un poco más entre ellas. Un día Natalia de Miguel escribió en un trabajo: «El mundo teatral del siglo XXI ha dinamitado las barreras de clase y se caracteriza por un todos con todos democrático y promiscuo. Se han extinguido las divas y los dinosaurios.» La maestra le puso un cuatro. Lo caligrafió con un bolígrafo de tinta roja. Valeria procuraba no mezclar trabajo y familia, pedagogía y amor.

Natalia resoplaba mientras hacía sus ejercicios como cada día sobre las once de la mañana. Algunos eran movimientos propios del boxeo y, mientras los estaba ejecutando, se veía como Hilary Swank en *Million Dollar Baby*. Aunque su arcada dentaria era menos prominente que la de la actriz de Nebraska. La mandíbula menos viril. La sonrisa melladita de Natalia de Miguel y sus ojos azul eléctrico jugaban a su favor en los *castings*. Después de sus ejercicios matinales, Natalia entraba en internet, contestaba sus mensajes de correo electrónico y leía la sección de cultura y espectáculos de dos o tres periódicos. Noticias sobre moda, tendencias y personajes famosos. Estudiaba un rato. Incluso a veces leía algún texto filosófico que le había recomendado Verónica Soler, una actriz de mediana edad, estatura y fama, que antes de dedicarse al arte de Melpómene, más que al de Talía, había pasado con aprovechamiento por las aulas de la facultad de Filosofía. Un poquito de Platón –«Qué bonito *El banquete»*, le comentó Natalia a Verónica mientras ésta asentía con dulzura pero sin decir ni una palabra–, Schopenhauer, Nietzsche, Sartre y Camus, las fuentes originales del pensamiento occidental, el saber que nos hace libres, y no los vulgarizadores de las fuentes, los divulgadores... Sin embargo, Natalia no se tomaba muy en serio ni las lecturas ni las conversaciones con su ilustrada amiga porque tenía el pálpito de que encastillarse en la altura intelectual, flotando del techo, agarrada a las lámparas de cristalitos, no le convenía –«¡Natalia, cuerpo a tierra!».

La joven no entendía completamente las propuestas filosóficas, pero estaba segura de que el oído se le iba educando, sin llegar a contaminársele del todo, y cualquier mañana, al despertar, abriría un libro de Erasmo o Foucault y los párrafos se ordenarían por arte de magia delante de ella para darle un sentido claro a afirmaciones, máximas, supuestos e hipótesis. A los inalcanzables juicios sintéticos a priori. «Virgen María», pensaba Natalia. En el fondo, entender los juicios sintéticos a priori entrañaba un riesgo: ella no quería perder su espontaneidad. Ni su frescura. Quería ser auténtica y se resistía un poquito a la didáctica. Incluso cuando la Falcón ponía todo su afán en enseñarle alguna de las cosas que la maestra sabía desde que le salieron los dientes porque las había mamado en casa. Por ejemplo, el arte de la dicción. Decía Valeria: «Tienes que pronunciar todas las sílabas: A-ba-ni-co, in-fra-rro-jos, cru-el.» Natalia repetía: «Ab-nico, infro-jos, crel.» Fingía que lo intentaba para dar gusto a Valeria, pero estaba segura de que su manera de hablar estaba lejos de toda afectación y era exactamente lo que andaban buscando los más avispados cazatalentos. Nadie vocalizaba tanto en la vida real y los actores debían mimetizarse con la vida real y no con un modelo de virtudes logopédicas. Verdad, autenticidad, imperfecciones. Natalia de Miguel tenía claras unas cuantas cosas, pero, en cualquier caso, adoraba a su compañera de apartamento. Era una díscola disimulada. Y esa manera de llamarse a sí misma la llenaba de orgullo porque le sonaba a comedia de Lope o de Calderón de la Barca. Y le había salido así. Tan natural. ¿O acaso la estarían contaminando? Se lo preguntó en voz alta: «¿O es que acaso me estarán contaminando?» Pero Natalia de Miguel prefirió no seguir dándole vueltas al asunto.

A eso de las dos, Natalia se vestía y bajaba a la calle. Comía cerca de la escuela de interpretación. Miraba los tablones donde se pinchaban ofertas para actores: búsqueda de figurantes para series de televisión, publicidad, compañías emergentes de teatro comprometidas con el penoso estado del mundo, payasos sin fronteras, animación para fiestas infantiles, hacer bulto en un rodaje. A veces se metía un papelito en el bolsillo, llamaba por teléfono, participaba en una fiesta infantil. Al salir de clase, se iba a poner copas al bar de Mili. Allí le daban las tres o las cuatro de la madrugada. Luego, volvía a su piso arrastrando el bolso por las escaleras y veía el plano cinematográfico de su ascenso al quinto sin ascensor. Natalia miraba la oscuridad del hueco de la escalera y descubría el punto desde el que la habría filmado el director. Tenía en mente un abanico –*ab-nico*– de posibilidades: de Wim Wenders –conocía el nombre, pero, que ella recordase, no había visto ninguna de sus películas– a Tarantino, de Lars von Trier a Alejandro Amenábar. Desde la altura, Natalia apuntaba con el dedo y disparaba diciéndoles a Quentin o a Lars: «Chico, has dado en el blanco.»

El último acontecimiento reseñable en la vida de Natalia era que, contagiada por el espíritu de ahorro de su casera y mentora, arrastrada por el signo de los tiempos y el fantasma de la crisis, había dejado de fumar incluso esos pitillos baratos modelo «hágaselos usted misma». Natalia usaba gorritos que tejía con lana de colores. El atuendo era un efecto secundario de su fe en el valor de una autarquía doméstica –«Tú *prosumes*», le aclaró Verónica Soler, fuente de toda sabiduría–, pero también de la circunstancia de vivir en una de las calles del Triball, un nuevo topónimo, nomenclatura de un barrio en mutación que había sustituido las tabernas y los ultramarinos por tiendas de bicicletas y de objetos peculiares –relojes cuyas manecillas giran al revés, peluches con formas de virus y bacterias que producen enfermedades como la gonorrea, la sífilis o el moquillo, mullidos cojines con forma de pata de jamón serrano...–, *grow shops*, establecimientos de comida preparada para llevar a casa, peluquerías vanguardistas o comercios especializados en la elaboración de galletitas para perros. Malteses, carlinos, bulldogs franceses, tristonas galgas abandonadas o salvadas del ahorcamiento en la rama de una encina. De esas cosas Natalia prefería no saber nada.

Natalia de Miguel era de la opinión de que casi todas las cosas importantes convenía hacerlas sin pedir ayuda. Se lo recordaba pegando cartelitos en las paredes de su habitación: «Tengo que quererme más», «Debo cuidar mi autoestima», «Si lloras, tus lágrimas no te dejarán ver las estrellas», «Todos los días amanece un nuevo sol». Cada vez que leía este cartelito, sin saber de dónde procedía la asociación mental aunque con el convencimiento de que la asociación mental estaba ahí y tenía que ver con alguna faceta subrepticia de su personalidad compleja, Natalia se hacía una paja. No le faltaban candidatos para pasar una noche, pero nadie la conocía como ella se conocía a sí misma. Ni mujeres ni hombres ni perros ni armiños. «Nosce te ipsum», rezaba en otras de las pancartas con que Natalia de Miguel adornaba su alcoba y practicaba a la vez una terapia de autoproselitismo psicológico. No obstante, la masturbación era contraproducente porque, después, le entraban ganas de fumar y de poco servían los mantras, los caramelos de menta, las aterradoras imágenes de pulmones desmoronados como un castillo de ceniza o de encías sin dentadura. «¡No!», se gritaba Natalia por dentro. Y había veces que la negación era eficaz. En esas ocasiones, Natalia se regocijaba por haber logrado dominarse —no quería imaginar el inmenso placer inherente al ejercicio voluntario de la castidad—, una satisfacción surgida de la fuerza para reprimirse, que se conjugaba con su lado animal, pero con su lado de animal no salvaje sino doméstico: un perrito al que se le está enseñando que no debe orinarse dentro de la casa.

La decisión de dejar el tabaco había nacido de cierto espíritu de ahorro, pero también de la exigencia de cuidar la salud y la belleza. El cutis de la actriz. Dejar de fumar era la única recomendación para estar bella que no salía cara. Los cosméticos con siete efectos beneficiosos para la piel, el agua embotellada, el pilates con *personal trainer* y la agricultura ecológica encontraban sus versiones *low cost* en los tarros azules de crema Nivea, el agua del grifo, la tabla matutina de gimnasia –Don Melitón tenía tres gatos– y las verduras abrillantadas del *supermarket* Rotterdam. Dejar de fumar había sido una sabia decisión desde un punto de vista económico, fisiológico y profesional: Natalia no quería que le faltase fuelle para lanzar la voz ni para cantar y bailar al mismo tiempo como las grandes divas de los musicales o las *pop stars* que salen a escena con un vestido de filetes de babilla. Ella iba a hacer lo que fuera necesario por su carrera de actriz. «Es mi sueño», decía mientras Valeria Falcón la miraba con carita de pena.

A veces a Natalia le faltaba el aire por culpa de los nervios, la alergia a los cipreses o los incipientes cánceres de pulmón que se le iban formando por todo el organismo. Incluso en los talones agrietados o en las cutículas. «Italo Svevo en *La conciencia de Zeno...*», la aleccionaba Valeria iniciando una explicación farragosa sobre el tabaquismo y los amores de Zeno Cosini. Justo en ese instante Natalia ponía sus ojos más soñadores y su mente en modo *pause* para disimular lo mucho que le molestaban las personas que recurrían continuamente a las citas literarias. Todo era mucho más sencillo: Natalia, fumadora culpable, había llegado a la conclusión de que un fragmento de su felicidad consistía en dejar el hábito pernicioso. Hay que seleccionar cuidadosamente cada uno de los artículos que componen la cesta de la compra de la felicidad. No obstante, Natalia de Miguel no podía reprimir ciertos pensamientos negativos que se extirpaba de la mente en el mismo instante en que aparecían y comenzaban a revolotear a su alrededor como moscas cojoneras. El pensamiento negativo que no conseguía fumigar se relacionaba con el insistente pálpito de que su miedo a la muerte y su hipocondría no eran exactamente suyos, sino un temor contagiado. Como la gripe. Entonces Natalia, que pese a su buena disposición para ser feliz ya era una mujer enferma de pequeñas suspicacias, pensaba: «Cabrones.» Después, no sabía si enfadarse o ahuecarse las plumas al constatar el influjo que Valeria estaba ejerciendo en su formación: antes de convivir con su maestra, Natalia nunca había imaginado esas conspiraciones ni sentido esos malestares. «Aprender no siempre produce felicidad», se decía Natalia, que de pronto se veía como una sabia y pequeña saltamontes un poco redicha.

UNA GRAN DAMA DE LA ESCENA

Valeria mantenía una buena relación con su familia, pero su referente no eran su tía Laura ni su abuelo, el gran Manuel Falcón, que empezó cantando zarzuela, interpretó como nadie a los graciosos de las comedias de Lope, trabajó con los mejores directores de cine en papeles dulces, violentos, lacrimógenos, descacharrantes y, al final de sus días, apoyado en un bastoncito, intervino con dignidad en algunas series. Luego se murió y miles de españoles desfilaron por su capilla ardiente porque don Manuel había sido un símbolo y un adelantado a su tiempo, un galán que había renunciado a su belleza, que se había sobrepuesto a su apostura casi apolínea, para convertirse en el mejor actor de carácter del país. Cuando murió don Manuel Falcón, Valeria dudó de si el cariño que le estaba demostrando su público era sincero. Se le disiparon las dudas al recordar que, cuando era pequeña, la gente saludaba al abuelo Manuel por

31

la calle y le expresaban su admiración, su respeto y a veces incluso su agradecimiento por los buenos ratos que el cómico les había hecho pasar. Don Manuel Falcón nunca salió a la vía pública disfrazado con una gorrita de béisbol o con un gabán largo que hubiese sido una prenda adecuada a la moda de su época. También es cierto que Manuel Falcón no tuvo muchas oportunidades de expresar sus opiniones en voz alta y, cuando hubiera podido hacerlo, ya se había acostumbrado a las ventajas de la discreción y a la frase hecha de que los cómicos no se debían meter mucho en política si de verdad querían ser amados por su público. «No somos ni de izquierdas ni de derechas: sólo somos indignados que queremos hacer reír», había declarado hacía muy poco un humorista. «Algunas cosas no han cambiado casi nada», pensaba Valeria Falcón al evocar la figura de su abuelo Manuel. «Sin embargo, otras...», a Valeria le resonó en el tímpano la palabra «desprecio».

Los padres de Valeria se dedicaron a la enseñanza, catedráticos de latín y alfabetizadores voluntarios, nada de lentejuela, de modo que la hija había perdido la oportunidad de convivir dentro de casa con el Teatro Español Universitario y la *Castañuela 70*. En cualquier caso, el referente de Valeria nunca fue su abuelo ni Laura Falcón, apodada la Flaca como Lauren Bacall, sino doña Ana Urrutia, una actriz de la edad de su tía abuela Elo. Elodia Falcón, una cómica llena de verdad y energía, se retiró al casarse con un notario que parecía manso y acabó siendo un semental: la llenó de hijos y la ató a la pata de la cama con la complacida conformidad de la tía abuela Elo, que manifestó monárquicamente su orgullo y satisfacción dando gracias a Dios por su fertilidad y su calidad de vida. Porque a la tía abuela Elo nunca le habían gustado los escenarios. Nadie lo notaba, pero a Elodia Falcón se le secaba la boca cada vez que salía a escena. Le daban calambres. Tragaba estropajos mojados y gurruños de estopa.

Valeria no frecuentaba a la tía abuela Elo ni a la famosa tía Laura ni le había puesto un altarcillo dentro de un armario al abuelo Manuel, sino que visitaba a doña Ana Urrutia semanalmente. Ana Urrutia había vivido una existencia en letras versalitas. En carteles luminosos. Luces, sombras, amores, fobias, intensidades y un gran espesor sentimental. Mil capas de barniz. Ana Urrutia había sido la más sarmentosa Yerma, un papel secante, vagina agria como el yogur, ranura en la lámina de adobe que recubre el desierto. Ágata en *Delito en la isla de las cabras*. Había sido Medea, Clitemnestra y Madre Coraje. Titania, reina de las hadas, y la gaviota. Julieta –de jovencita– y Rosaura. Había sido Moll Flanders y la Marquesa de Merteuil en sendas adaptaciones que un director, muerto y homosexual, había llevado a cabo en los setenta –«Un gilipollas. No le debo nada», enfatizaba doña Ana marcando muy bien la cesura entre los dos términos–. Ana Urrutia había hecho revista en sus inicios como actriz. Y ese cine negro que se rodó en Barcelona. Sobre los escenarios, había sido una mujer maltratada por la vida. Despeinada, despeluchada. De dicción aparentemente farragosa pero inteligible hasta en las borracheras. Fuerte. Con ambiciones. Una doña Bárbara con cananas, espuelas y látigo. Una mujer capaz de empuñar con convicción una pistola. De disparar al enemigo entre ceja y ceja. Doña Ana Urrutia, la Urrutia, la espesa Ana, según las lenguas maldicientes y bífidas, doña Ana, la Yerma más estéril y la Medea más comeniños, un mito de las tablas, pantera Urrutia, ejemplo de fotogenia, mujer de rasgos duros y físico difícil que, por obra y gracia de un sutil movimiento o de un maquillaje sabio, se melifica o se aborrasca y explota entre rayos y centellas. La anti-Gloria Swanson en *El crepúsculo de los dioses*.

La que nunca haría el ridículo y se iría adaptando a los rigores y exigencias de su edad. El único papel que nunca le ofrecieron a la Urrutia fue el de doña Inés. Aunque siempre fuese una actriz versátil. Y muy disciplinada. No le hubiera sentado mal la toca ni, en sus labios, hubiese sonado a impostura el parlamento: «Tu presencia me enajena, / tus palabras me alucinan, / y tus ojos me fascinan, / y tu aliento me envenena. / ¡Don Juan! ¡Don Juan!, yo lo imploro / de tu hidalga compasión: / o arráncame el corazón, / o ámame porque te adoro.»

Fuera de escena, Ana Urrutia leía mucho y bebía para superar la timidez. Cuando acababa sus dos funciones diarias o su rodaje, se echaba sobre los hombros un abrigo de pieles de conejo, se repasaba los rabillos del ojo y cogía un taxi rumbo al club de moda de Madrid. Allí bebía whisky con hielo, a veces ginebra, y fumaba Gitanes que un camarada le traía de París. Ana Urrutia tonteaba con algunos camaradas de la época –los de guardarropía, los figurantes: los camaradas de verdad eran otra cosa–, aunque en realidad la política le importaba poco y sus posiciones, en este sentido, se caracterizaban sobre todo por su sesgo estético y su corte inglés. Torera de salón, doña Ana Urrutia se rompía la garganta, se meaba de risa, soltaba una maldad tras otra y se amigaba con hombres difíciles, de esos a los que todo les parecía mal y no se casaban con nadie, hombres de una listeza dañina, a los que todo el mundo quería caer bien porque esa afinidad te colocaba en un Olimpo de inteligencia; hombres malos que trataban a Ana Urrutia como a un igual. Ella era más difícil que aquel hatajo de vanidosos. La Urrutia sólo charlaba con los hombres que suponían un reto y esos hombres, antes o después, se enorgullecían de contar con Ana entre sus amistades. De poder llamarla «Anita».

Se rumoreaba que la Urrutia era lesbiana, pero, por lo que Valeria pudo saber, a la actriz le daba lo mismo el pescado que la carne. Sólo buscaba caricias diestras. La vieja actriz se reía: «No como las que se hacen a los perros.» También buscaba una buena conversación. Ana Urrutia, protozoo *queer* u Orlanda, dama a la que le sentaban de maravilla los bigotes postizos y los disfraces de monja alférez, tuvo muchos amantes, pero no se casó jamás. Les daba miedo a casi todos los hombres, excepto a esos malísimos que preferían a las mujeres aparentemente tontas, y solía responder a los halagos con frases de dudosa elegancia: «Querido señor, yo no he escrito, dirigido e interpretado esta obra para entretenerlo a usted. Si usted quiere entretenerse, váyase al fútbol, pedazo de imbécil.» El admirador se alejaba con el rabo entre las piernas, pero doña Ana Urrutia no se compadecía de estos homúnculos que le daban de comer. También nutrían a sus amigos superdotados: un mocasín de caballero les asomaba entre los dientes como plumas de pájaro en las fauces del gatito. Sin embargo, por mucho que renegasen de ello, no pocas veces la Urrutia y sus superdotados ejercían el papel de bufones de la corte. Doña Ana, «espesa Ana» para los maldicientes y los bífidos que se movían entre bambalinas y cables eléctricos, también infundía temor a mujeres que la veían como a una intrusa. Una merodeadora. No tuvo descendencia: «Sí, soy un animal, pero no necesariamente un mamífero», le espetó una vez a un periodista que estaba muy preocupado por su esterilidad, su naturaleza de Yerma o acaso de Bernarda Alba: «Eso lo será su santa madre», volvió a responder una doña Ana Urrutia a la que nunca le mordió la lengua el gato. A Valeria aquellas destemplanzas siempre le habían producido una gran fascinación.

Ana Urrutia no fue previsora. Tampoco lo son las panteras que aguardan a sus presas subidas a una rama. Se gastó el dinero que ganó y sólo invirtió en un piso tapizado de libracos, carteles y afiches, bibelots y cortinones donde ahora vivía con la caldera de la calefacción apagada y la nevera llena de *actimeles*. Cometió la imprudencia de pensar que nunca le faltaría un papelín con que cubrir los gastos. Algún capricho. Ana Urrutia estaría incluso dispuesta a volver a meterse dentro de un corsé y ponerse esa golilla que tanto detestó cuando le tocó interpretar a la princesa de Éboli.

Si la provecta actriz estuviese en sus cabales, se avergonzaría al verse hablando como una vieja gloria todos los jueves. O tal vez se encastillaría en sus posiciones: «Ya soy vieja. Puedo hacer lo que me dé la gana.» Doña Ana Urrutia hubiese preferido desbaratar los elogios y las adulaciones ajenas, incluso despreciarlos con ese desdén que dibujó una arruga en la comisura de sus labios. Valeria iba a ver a doña Ana porque la vieja actriz era una mujer orgullosa y sensible que vivía sola y nunca se rebajaría a pedir ayuda. Cada vez que Valeria iba a visitarla, Ana Urrutia, subsumida de vejez, se servía un whisky y sacaba la voz que reservaba en el centro del plexo solar sólo para los oídos de Valeria: «¿Cómo anda la zorra de tu tía Laurita, niña?»

La espesa Ana era una mujer *jibarizada*, con bolsas que ocultaban unos ojos que alguna vez fueron felinos, una anciana a la que le temblaba el pulso y confundía las fechas y los monólogos de las grandes obras mientras miraba con aprensión la puerta de la calle. Aquel día, sin embargo, la Urrutia ni siquiera oyó el timbre.

CINCO MILLONES NOVECIENTOS SESENTA Y CINCO MIL CUATROCIENTOS PARADOS

Daniel Valls en la parisina plaza de los Vosgos —«Cuánta melancolía. No sé cómo lo aguantas», le escribió su amiga al enterarse de su lugar de residencia– sopesaba los pros y los contras de adherirse a un manifiesto contra el deterioro de los servicios públicos, en apoyo a los desahuciados y contra la reforma laboral. Para paliar el desastre de un país con cinco millones novecientos sesenta y cinco mil cuatrocientos parados. Y en la formulación de esta cifra no cabían redondeos ni eufemismos. No valía decir «seis millones de parados» o «cinco millones y medio de parados» o «casi seis millones de parados». En ese preciso instante de la Historia y de la historia, había que decir exactamente «cinco millones novecientos sesenta y cinco mil cuatrocientos parados». Y estar atentos a las oscilaciones. Hacia abajo y, sobre todo, hacia arriba, hacia mucho más arriba, hacia esa campana que suena en la feria cuando el martillazo de un forzudo dispara la aguja sobre una regleta graduada –debilucho, flojo, pasable, enérgico, en forma, fuerte, muy fuerte, titánico, ¡colosal!– hasta arriba del todo, y los niños y las niñas se quedan admirados al oír el «tilín» o el «tolón».

Daniel revisaba el manifiesto y no le encontraba pegas. Cinco millones novecientos sesenta y cinco mil cuatrocientos parados que excluían a un señor de San Sebastián de los Reyes que se había autoempleado en una gestoría, a una secretaria con un *mini-job* y a un soldador que hablaba francés y estaba dispuesto a viajar a Senegal. Cinco millones novecientos sesenta y cinco mil cuatrocientos parados que incluían a una mujer que siempre había estado empleada en una cadena de montaje, a un vendedor de más de cincuenta años y a un ingeniero con la licenciatura aún caliente en el bolsillo del pantalón. «Cada número es una historia trágica», habían manifestado los líderes sindicales y, en eso, Daniel Valls les daba la razón, aunque ahora miraba el manifiesto con lupa. A veces Daniel se sentía un poco estúpido al contrastar su carácter asertivo, su falta de sensibilidad para dar con la muesca en el diamante, la imperfección en la gema, con la agudeza picajosa de otros compañeros que le buscaban los tres pies a un gato que, en efecto, siempre era trípode. El matiz, la tercera pata, hacía que muchos proyectos se fueran al garete. Cuando Daniel firmaba y comprobaba que otros no lo hacían, no podía evitar preguntarse qué era lo que él no había visto y dónde estaba la trampa. La trampilla ideológica. El desvío. La tangente. La liebre y el gato. Daniel Valls admiraba a los que guardaban la ropa y sabían nadar, a los que eran felices y comían perdices, a los que tenían un historial sin una sola mácula de incoherencia, y concluía sus elucubraciones con una frase: «Yo es que debo de ser gilipollas.»

La autocompasión se le curaba al asomarse al mirador de la plaza de los Vosgos de París, al contar los premios que se acumulaban en sus anaqueles o al acariciar la lencería de raso de su querida Charlotte, a quien su marido solía llamar cariñosamente *«ma petite échalote»* o «la bróker filántropa». Daniel no podía medir hasta qué punto los objetos de su entorno, las pantallas de plasma, el silencioso aire acondicionado, el reloj inglés de pared y las aguadas originales de un pintor muy cotizado desacreditaban sus actos de resistencia política, pero se negaba a hacer voto de pobreza o a predicar con el ejemplo. Pocos tenían tantas cosas que perder como él. Es muy posible que Daniel Valls hubiera debido ser más precavido.

Daniel releyó el manifiesto buscando el borrón para justificar un *no* cariñoso. Sin embargo, le gustó que no se utilizase la palabra «desempleados» o «personas que buscan empleo» o «desocupados» o «emprendedores en potencia». «Parados». El manifiesto decía «parados» y pensó: «Sin paños calientes.» Daniel Valls pulsó el teclado de su ordenador seleccionando los caracteres que componían su nombre, el número de su documento nacional de identidad y su oficio. *Daniel Valls. 21.700.009-T* de Tarantino. *Actor. Actor consagrado. Actor internacional. Actor.* Mientras escribía, temblaba. Un enorme rostro anónimo, una especie de monstruo ubicuo y lovecraftiano, iba a ridiculizar todas sus contradicciones sin tener en cuenta que a él nadie le había regalado nada –«A mí nadie me ha regalado nada», les decía siempre a los periodistas cuando le hacían una interviú–. Pero estaba rabioso y nada dispuesto a renunciar al sentido cívico, la sensibilidad política o las buenas acciones. Aunque el último término de su enumeración –las buenas acciones, las buenas acciones, las buenas acciones...– comenzó a silbarle como un escape de gas al fondo del oído. Eses sibilantes y sibilinas. Sinuosas eses sonoras. Siseantes. Suaves. Sarnosas eses de sodio sulfuroso. Sensemayá y Soraya de Siria aunque de Persia lo hubiese sido. Sústalos y sílfides. Lassssss buenasssssss accionessssss.

«Las buenas acciones» era una expresión que le traía a la memoria una imagen: Angelina Jolie, desmaquillada y flacucha, con un pañuelo cubriéndole la encrespada melena, acuna a un niño con el vientre hinchado y la boca comida por todo tipo de insectos, parásitos y hongos. Angelina, que no tenía ninguna necesidad de pasar por esos padecimientos y hubiera estado más cómoda en su mansión de Beverly Hills o en su *loft* de *Niuyork* –«Topónimo acabado en sonido oclusivo sordo como *fork* o *Cork»*, le indicaba siempre su profesor particular de inglés–, se preparaba la mochilita, se calzaba esas sandalias que muestran cómo sus pies desnudos se van ensuciando de polvo y arañando con la hosquedad de los ceñiglos, dejaba de lavarse el pelo y hacía donaciones para paliar las hambrunas o proteger a esos otros niños, apaleados hasta la muerte, en la parte de atrás de una camioneta. Reventados a culatazos mientras lloran sin comprender por qué su asesino los odia. Justo antes de morir, los niños dejan de llorar. Daniel admiraba a Angelina y, sin embargo, su carita demacrada en mitad del desierto despertaba en él un punto de desazón, porque no sabía si en la balanza resultaba más pesado el marketing de la solidaridad –«Cielos, qué expresión», se censuró Daniel–, las buenas intenciones o la voluntad de intervención política. A Daniel no se le escapaban estas cosas porque él siempre había sido un activista, siempre había arrimado el hombro y se había significado en los momentos más difíciles sin considerar lo que se estaba jugando. Pero cuanto más afianzaba su posición, más le costaba todo. A veces pensaba que era un cínico. A veces no entendía por qué se dejaba amilanar. A veces experimentaba una punzada de nostalgia y otras necesitaba que la gente lo viera como a un santo o un arcángel o un apóstol, y no como a un hombre enmascarado que vendía sus buenas acciones sibilantes –shhhhhhhshhhhhhh– y a quien le desacreditaba la posesión de un piso magnífico en la plaza de los Vosgos de París. Como si uno fuese culpable de su suerte. Como si todas las personas buenas pernoctaran en apartamentos interiores de treinta metros cuadrados. Charlotte le trataba de consolar diciéndole que él no era inocente pero tampoco culpable. La mujer mostraba su amor hacia el esposo con ese tipo de contrasentidos. Daniel Valls jugaba con el orden de los factores de la frase y se daba cuenta de que la inversión de sus términos era demoledora: no eres culpable, pero tampoco inocente. Charlotte Saint-Clair lo amaba. Perdido, Valls no se tenía compasión: «Soy un débil mental.»

Daniel dudaba sobre el valor de la caridad y, al mismo tiempo, veía cómo cada vez más personas iban a los comedores sociales o a esos bancos de alimentos donde te dan una caja con paquetes de arroz, de legumbres, una lata de melocotón en almíbar, una botella de aceite y otra de leche, pan de molde. Zanjó su angustia –«Yo no soy Angelina Jolie»– y colocó el cursor sobre «enviar» sin darse más tiempo para reflexiones que no le llevaban a ninguna parte. Apretó la placa izquierda de su ratón distrayéndose del peso de su acto con la idea de que les habían puesto mal el nombre a los ratones –«¿Escarabajos?, ¿cucarachas?»–. Luego siguió con su flagelante onanismo: «Soy un atolondrado.» Pausa: «Un memo.»

Daniel Valls había enviado el mensaje con su adhesión al manifiesto. Ahora convenía hacer oídos sordos a las palabras necias que lo iban a asfixiar durante los próximos días. Quién dijo miedo. Quizá no sería para tanto. Miró a través de la cristalera de su hermosa sala de estar.

Esta vez no se consoló.

UNA MUJER DE LA LIMPIEZA ROBA UN TREN
EN ESTOCOLMO

Mientras Valeria Falcón tenía una miríada de malos presentimientos y uno se le clavaba como un vidrio de botellín en mitad del lacrimal, Natalia, que acababa de dejar el tabaco, aprovechó un instante extrañamente muerto de su rutina cotidiana para informarse –«Sólo un poquito»– del estado del mundo. No lo hacía casi nunca, pero sacar de vez en cuando la cabeza del caparazón no iba a matarla. La pantalla del portátil le ofrecía una amalgama de anuncios y noticias fundidos en una masa tecnicolor: Daniel Valls se preparaba para regresar a España –«Mejor que venga con armadura», a Natalia se le escapó una sonrisa malévola–, el Papa acababa de dimitir dejando el universo en manos del Anticristo –al día siguiente de la renuncia papal, un rayo cayó sobre la basílica de San Pedro– y *La libertad guiando al pueblo* de Delacroix había sido *vandalizada* en el Louvre de Lens por una defensora de la hipótesis de la demolición controlada de las torres gemelas. También Gérard Depardieu había adoptado la nacionalidad rusa para no pagar impuestos en Francia y un famoso diseñador de vestidos de novia se había suicidado apuñalándose a sí mismo en el corazón dentro del retrete de un ambulatorio. Una dificilísima –«obcecada», diría Valeria– manera de matarse, sobre todo si atendemos a otras fórmulas de suicidio más dulces y frecuentadas por los artistas tales como la intoxicación por gas, el corte limpio de las venas o la ingesta de barbitúricos. El diseñador no echó el pestillo. En su macuto había tres cartas: una para su novio, otra para su familia y una tercera para los *mossos d'esquadra*. Cada vez que Natalia de Miguel se enteraba de algún suicidio recordaba a la bella Sylvia Plath –Verónica le había dejado sus poemas– y pensaba en Valeria Falcón y en esa mirada gris pelo de rata con que enfundaba el universo. Entonces, procuraba dejar su mente en blanco.

El diseñador –supuestamente– se había suicidado por la presión de la que era objeto en su entorno laboral –«El puto curro», dijo con pesadumbre Mili apoyándose en el mostrador de su pub–, o quizá porque sufría un trastorno depresivo desde hacía algunos meses. El suicidio del diseñador volvió a abrir el debate sobre qué es primero, el huevo o la gallina. Nadie supo determinar, más allá de toda duda, si el diseñador de vestidos de novia se suicidó porque sus condiciones de trabajo le deprimían o si lo hizo porque estaba deprimido y lo veía todo negro cuando, en realidad, *la vie* era *en rose*. Incluidas las condiciones de trabajo del diseñador, que Natalia de Miguel imaginaba de la siguiente forma: la intimidad de un baúl blanco forrado en raso y espolvoreado de azúcar glas y pétalos de azucena. O de la siguiente: caja de música con bailarina que se estira como flor al compás de un valsecito interpretado con angelical xilófono. Cuando Natalia leyó la noticia del suicidio del diseñador vio vestidos de novia confeccionados en seda salvaje y tul que, de pronto, se punteaban en rojo como si los hubieran rociado con un aerógrafo sangriento. Levantó los párpados: «Qué barbaridad.»

Natalia hizo *clic* en la sección de salud –una de las más interesantes para ella, aunque por eso precisamente solía saltársela: ébola, cáncer, colesterol, cirrosis, esclerosis múltiple, enfisema, piedra en el riñón, pie de atleta, todos los peligros que cercan la oscuridad...– y leyó que en España había descendido el consumo de cannabis y de alcohol, y de otras drogas asociadas a la risa, mientras ascendía el consumo de miorrelajantes, somníferos, ansiolíticos, antidepresivos e inductores del sueño: Passiflorine, Lexatin, Orfidal, Trankimazin, Atarax, Calmol, Xanax, que era un medicamento que salía mucho en los botiquines de las series estadounidenses. Nombres de colosos y robots. Dioses de un nuevo Olimpo. Como las posiciones de yoga. «Y la necesidad de inspirar y espirar por la nariz», pensó Natalia como estrategia para no prenderse un pitillo. Después, no le quedó más remedio que gritarse a sí misma: «¡No!» Natalia de Miguel no tomaba ansiolíticos ni hipnóticos ni somníferos. Estaba llena de ilusiones y, cuando se levantaba por las mañanas, sabía muy bien cuáles eran sus metas. Por qué hacía su tabla de gimnasia y se duchaba y se daba cremita en los codos. Por qué tomaba cereales y usaba ropa interior de algodón. Todas sus acciones le proporcionaban bienestar y *joie de vivre*. Si echaba de menos el cigarrillo, bebía un vaso de agua notando cómo se limpiaba por dentro. Con la convicción de hacer las cosas bien. Natalia era una mujer que recibía la vida con los brazos extendidos inhalando todo el

43

aire de una cumbre nevada. Aunque la falta de oxígeno resultante de su avidez respiratoria aniquilara a las vaquitas, a los pequeños insectos e incluso a los resistentes líquenes moradores de la tundra. Un sorbo de agua fresca y su manera de mirar –azul, transparente, limpia– hacían el mundo muchísimo mejor.

Pero la noticia que más impactó a Natalia mientras echaba un vistazo a los periódicos fue la de una mujer de la limpieza que robó un tren y lo estrelló contra un edificio de viviendas en Estocolmo. La noticia, junto con un manifiesto al que se había adherido Daniel Valls y había motivado trescientos setenta y dos comentarios insultantes, llamó la atención de Natalia. Imprimió la página del periódico y empezó a reelaborar el breve para dramatizarlo en clase. A su profesor le iba a gustar mucho. El misterio, el componente social, la tragedia que se masca, la mujer de la limpieza como una heroína de acción. A Natalia, el personaje de la señora de la limpieza en Estocolmo le parecía inquietante, aunque no estaba segura de comprenderla del todo. Era consciente de sus limitaciones, pero no se deprimía por ello. Aún le quedaba mucho por aprender. Aún era joven, y ser consciente de las propias limitaciones era el mejor camino para ponerles remedio. También el primer paso para curarse del alcoholismo era reconocer que uno era completamente alcohólico. Un pedazo de borracho. Un mierda.

Pero Natalia no podía perder el tiempo con dramatizaciones de noticias que nadie le había encargado. Tenía otros textos que estudiar, otros personajes que preparar, otras cosas que hacer. Porque el último acontecimiento reseñable en su vida, además de la decisión de dejar el tabaco –«Es mi decisión», decía dando una patada en el suelo antes de ir a beber otro vasito de agua–, era consecuencia de su hermoso vínculo umbilical con Valeria Falcón. Su mentora le había encontrado un papel maravilloso: Natalia sería Eva Harrington en *Eva al desnudo,* la adaptación teatral de la película de Mankiewicz. Valeria Falcón interpretaría a Margo Channing y estaba nerviosa: «Yo no le llego a Margo Channing ni a la suela del zapato. Margo Channing se contiene en la escena porque exagera la vida o exagera la vida porque se contiene en escena.» Le dice a Margo el crítico teatral Addison DeWitt: «Eres llorona y estás llena de autocompasión: eres fantástica.» Natalia de Miguel, que no tenía ni idea de quién era Margo Channing y a veces incluso confundía a Bette Davis con Marlene Dietrich, le acarició el pelo, la cabeza, acurrucó en su seno a la triste Valeria. Después, se puso a hacer el colibrí por toda la casa y Valeria, que tantos puntos en común tenía con la actriz madura que ideó Mankiewicz, superó su nube. Voraz y oscura.

El montaje teatral de *Eva al desnudo* sería en blanco y negro: los decorados, el vestuario y el maquillaje de los actores se moverían siempre dentro de las diferentes gamas del gris y el espectador se adentraría en la oscuridad de una sala de cine, experimentando ese tipo de distancia que era el único lugar desde el que se podía ejercer la crítica más allá de la conexión emocional y la búsqueda de las gratificaciones sentimentales. Las decisiones escenográficas no partían, por tanto, de una vocación estética o manierista, sino que eran una opción moral. Natalia de Miguel había comprendido un tramo muy estrecho del discurso de Valeria Falcón. Había personas inteligentes a las que no comprendía nadie y se quedaban solas. «¡Como Andrómeda!», exclamó Natalia mientras ponía hielo en un vaso de tubo. «No, cariño, como Andrómeda no. Andrómeda es el icono de las lesbianas.» Natalia miró a su jefa con incredulidad: «Será como Casandra», la ilustró Mili, que hacía ya algunos años que había renunciado para siempre a su vocación de actriz, pero

45

sin olvidar su aprendizaje de la mitología grecolatina. Sin embargo, Natalia entendía que el montaje de la obra era una oportunidad para ella, aunque no exactamente la que buscaba. Disimuló. Intentaría no defraudar a Valeria: «Valeria, no voy a defraudarte», dijo entrecerrando los párpados. «Claro que no, bonita, claro que no», respondió Valeria, más convencida que nunca de que su discípula era encantadora. Nadie cobraría por los ensayos, excepto los técnicos tal vez. Los sueldos de los actores iban a calcularse en función de los beneficios de taquilla. Afortunadamente en los últimos tiempos los teatros no solían estar vacíos.

Natalia no se compungía por sus errores. Todo lo contrario que Valeria. Valeria tenía veinte años más que Natalia, aunque aparentaba algunos menos. Era una cuarentona pasadita que en las series de la televisión daba muy bien en esos papeles de *profesional de éxito un poco neurótica pero buena gente en el fondo*. Después, por la calle, no la reconocían porque Valeria, por la calle, era poca cosa. Delgaducha y sin pintar, una chica que compra fruta y bollos al volver del trabajo. Pero el maquillaje hacía milagros con las hembras de la saga Falcón, que, por obra y gracia del *eyeliner* y de las pestañas postizas, del carmín color rubí, se transforman en estrellas del cinematógrafo, mujeres llenas de atractivo y elegancia natural. Mujeres que parecían más altas de lo que eran y que le sacaban partido a una nariz aquilina y unos pómulos prominentes. Valeria le sacaba partido sobre todo a una voz que era el resultado de las capas genéticas de clave bien temperado e impostura; una voz que retumbaba en la caja de resonancia de los teatros y que, de algún modo, le cerraba las puertas del cine. Porque Valeria Falcón era magnífica, pero parecía de otro tiempo. Valeria, taciturna, incluso hosca, nunca se quedaba satisfecha con sus actuaciones. A veces su malestar surgía de su particular percepción de un

46

gesto inadecuado, un olvido, una palabra mal pronunciada. Otras veces la insatisfacción de Valeria estaba en la mirada ajena. Lo peor era cuando su tía Laura evitaba hacerle comentarios o distraídamente le decía: «¿Eh? Ah, sí. Bien, estuviste bien.» E inmediatamente se ponía a hablar de otra cosa.

Todos tenemos cientos de ojos que nos observan, pero los que Valeria imaginaba para sí misma la dejaban siempre desnuda en sus ángulos desfavorecedores: el mal aliento, el rulo en torno a la cintura, la hinchazón del vientre. Había tenido buenos y esperanzadores comentarios críticos, como abrazos de bienvenida en una casa donde no era una extraña y se la recibía con afecto y con hospitalidad. Pero a ella le habían parecido frases corteses hacia sus familiares. Nunca creyó en aquellos elogios. Sin embargo, transformaba las críticas tibias en puñaladas traperas. Natalia, cada vez que su mentora se apagaba, le hacía una recomendación: «Deberías quererte más a ti misma.» No servía de mucho, porque Valeria seguía revisando compulsivamente su correo electrónico. Incluso cuando estaba embarcada en algún proyecto, esperaba siempre la propuesta de algo mejor. La llamada que nunca acababan de hacerle. A Valeria le encantaba y le repugnaba su trabajo. Como a Natalia la nicotina: le hacía mucho mal y mucho bien. Le daba una felicidad sin fin, pero también la hacía llorar.

Natalia pasó rápidamente los ojos por encima de otras noticias: «El descrédito de la clase política pasa factura a los diputados en la calle», «Medio millón de asteroides y cometas desconocidos nos amenazan», «Michael Haneke: "A veces la violencia se consume con cierto gusto; eso me parece asqueroso"», «Los afectados por las hipotecas marcharán por el derecho a la vivienda», «Indemnizan a un hombre tras diagnosticarle un embarazo», «Muere Marifé de Triana». «Ay», susurró Natalia. Después, quiso visualizar a la señora que estrelló un tren contra un bloque de viviendas en Estocolmo y, por segunda vez en la misma mañana, se le apareció la figura fantasmagórica de Valeria Falcón.

QUÉ SOLÍCITO HURÓN

Valeria, como cada jueves, llamó al timbre de Ana Urrutia. Pero esta vez nadie vino a abrir. Normalmente Valeria llamaba sin parar hasta que a los tímpanos de la Urrutia, alertada por los amortiguados ladridos de la perrita Macoque, llegaba el musical *ding ding dong* del timbre. Cuando Valeria oía por fin el rasposo «¡Voy!» de las cuerdas vocales, baqueteadas y fumadoras, de la vieja diva, esperaba aún un buen rato en el descansillo. Ana Urrutia había llegado a un punto de decrepitud que le exigía pensar detenidamente en cada uno de sus movimientos antes de iniciarlo, ponerlo en práctica y consumarlo. Cuando quería levantar la mano derecha para agarrar un vaso de agua y llevárselo a la boca a fin de saciar la sed, Ana debía concentrarse como quien se ejercita con una exigente tabla de gimnasia: brazo derecho arriba, brazo derecho abajo, apertura de la mano derecha, contracción de la mano derecha en torno al vaso de agua —el vaso debe asegurarse bien a la garra retráctil de la sarmentosa mano vieja si se pretende evitar el deslizamiento, el resbalón, la fractura del recipiente de cristal contra el suelo—, levantamiento del vaso de agua, temblorosa aproximación del borde del vaso hacia la boca, sorber, tragar, sorber, tragar, mantener un poco de agua en el receptáculo de la boca antes de deglutir el líquido, reflexionar, meditar, escribir mentalmente un tratado filosófico para que el agua no se cuele por los conductos respiratorios y el aire baje hacia la bota estomacal, evitar el atragantamiento como sea, tomar aire por la nariz, paladear, sentir el gañote, arriba, abajo, el agua que refresca la garganta y el esófago, el cartílago de la tráquea, en definitiva, beber... Al final del sofisticado proceso de hidratación, doña Ana Urrutia exhalaba: «¡Ahhhhhhhh!» Ya no podía automatizar ningún gesto. Para coger aire tenía que hacerse consciente de cada respiración. Nada era gratis. Nada era fácil. Cada parpadeo, rascarse una picadura, pasarse el peine suponían un sacrificio, un denuedo, un afán loco. Pero aquel día la perrita Macoque ladraba muy nerviosa y, desde detrás de la puerta, Valeria no notaba la lucha del cuerpo de la espesa Urrutia contra la atmósfera viciada de su piso. Atmósfera gelatina. Atmósfera cola arábiga. Atmósfera tapioca.

La anciana solía fatigarse al recorrer una línea de pasillo de casi quince metros. La puerta de la calle quedaba en la otra punta de la habitación donde doña Ana, desentendiéndose del resto de un caserón que no podía calentar y en el que se acumulaba el polvo y se celebraban festejos de ratones y arañas tejedoras, había instalado una mesa camilla, un braserito y un televisor portátil. Recogido lugar, madeja, donde doña Ana pasaba las horas. Sin embargo, esta vez, Valeria no había oído el rasposo «¡Voy!» de la Urrutia ni el arrastrar de sus zapatillas. La perrita Macoque no dejaba de ladrar, medio loca. Entonces Valeria comenzó a aporrear la puerta y a gritar el nombre de doña Ana, «Ana, Ana», Ana, ínclita sorda. Valeria pegó la oreja, la restregó contra la madera maciza y oyó el zumbido de los electrones en movimiento alrededor de los núcleos atómicos del roble. Pero no captó los pasos de Ana mientras se acercaba chancleteando sin ajustar las zapatillas al talón. No se oía nada. A Valeria se le aceleró el pulso y trató de tranquilizarse pensando que no había que adelantar acontecimientos, que adelantar acontecimientos suele ser una forma innecesaria de recrear la angustia, de invocarla incluso cuando no existe ningún motivo para que haga acto de presencia. Anticipar acontecimientos enloquece al hombre al que acaban de practicarle una biopsia y aún no sabe si el diagnóstico de su edema de Reinke ha derivado hacia algo peor; anticipar acontecimientos hace llorar a esa mujer a la que acaba de llegarle una notificación de embargo y otra de desahucio –no sabe que las cosas serán mucho peores de lo que barrunta–; anticipar acontecimientos destroza esa relación sentimental en la que ella lleva meses diciéndole a él: «Me vas a dejar. Sé que me vas a dejar.» «Me dejarás, seguro.» «Cuando me dejes, ¿qué haré yo sin ti?» Y de nada sirven las negativas del hombre, el consuelo, las promesas, porque al final el hastío, la desconfianza y la previsión trágica se concretan en un «No puedo más» que le da la razón a esa sibila de Cumas. La última profecía de autocumplimiento es un relato de Quim Monzó. Y otro de Dorothy Parker.

Valeria tuvo miedo. Un barrunto malo. Como de vieja supersticiosa o maldiciente. De mujer enrabietada con la vida, de esas que, después de escuchar una buena nueva, susurran «Ojalá», «No te fíes», «No sé yo si...». Cogió el ascensor y bajó a preguntarle al portero por doña Ana. El portero le dijo que no la había visto salir ni entrar, y que hacía muchos días que doña Ana no recibía a nadie: «Concretamente desde el jueves pasado cuando vino usted.» Valeria optó por mantenerse serena: «Mire, yo sé que lo que le voy a pedir es un poco irregular...» No tuvo que acabar su petición. «Usted quiere que subamos para ver si la señora está bien...» En menos de un minuto, el portero estaba franqueándole la entrada con la copia de la llave que se guarda en portería. Valeria no quiso pensar mal, pero estaba segura de que aquel hombre hacía tiempo que intentaba infructuosamente traspasar el umbral de la inexpugnable doña Ana Urrutia. Ahora que lo miraba bien, los dos juntitos en el cajetín de un ascensor que parecía un ataúd, veía que el portero era un hurón. «Qué solícito hurón», dijo Valeria entre dientes. «¿Decía usted?» Ella le quitó importancia a su murmullo con un gesto de la mano y el hurón siguió concentrado en las imágenes móviles del suelo de los pisos que se deslizaban ante las puertas transparentes del ascensor. Curioso mustélido de afilada nariz, finos bigotes y ojillos ávidos, al que posiblemente doña Ana le daba la basura sin permitirle avanzar un paso más allá de un felpudo sobre el que nunca se leyó la palabra «Bienvenidos». «Hasta ahí podríamos llegar», habría espetado doña Ana, dignísima y abrigada dentro de su batita de boatiné. El portero giró la llave dentro de la cerradura y no pudo contener una sonrisa al escuchar el *clic* que, por fin, le franqueaba el paso.

Macoque estaba toda meada y quiso trepar por las piernas de Valeria, que, superando el asco por el mal olor, cogió a la perrita y la acurrucó en su regazo. Macoque se tranquilizó inmediatamente. Pareció desmayarse. Aflojó su cuerpecillo, laxo, junto al corazón de Valeria.

El hurón lo husmeaba todo: el amarronado color de las paredes, la suciedad de las cortinas, el polvo que cubría las superficies. El portero lo retiró con su dedito trazando rayas que sacaron a la luz la enterrada nobleza del ébano de un arcón. Levantó la nariz: «Aquí huele fatal.» Valeria se irritó, pero era cierto que el tufo al pis de la perrita Macoque y las trazas de vejez —de gluten entre las nueces o los paquetes cóctel de frutos secos— que antes se intuían adheridas a las telas y al aire de los rincones de la casa se habían reconcentrado en una masa sólida como terrón de azúcar. El hurón dibujó un gesto de contrariedad ante los montones de periódicos viejos y los cristalitos sucios de los marcos de las fotografías. Al lado de aquel hombre, a Valeria todo le parecía mucho más sucio que de costumbre, aunque tal vez la suciedad ya viviese allí desde mucho antes. Mientras se dirigía hacia el cuarto de estar donde casi siempre se refugiaba, aovillada e irreconocible, doña Ana Urrutia, Valeria preguntaba: «¿Ana?, ¿Ana?, ¿estás ahí?, ¿dónde estás, Ana?, ¿te encuentras bien?» Quería que Ana Urrutia, con la voz de la viejecita buena de los cuentos, respondiera: «Hija, hija, estoy aquí, en la cajita del reloj me metí.» Pero ni siquiera se oía el parloteo de la televisión al fondo del pasillo. Sólo el mugido de un electrodoméstico viejo, la respiración agónica de una nevera que sonaba como mujer moribunda. Ese jadeo. Ese estertor.

La perrita Macoque había metido el hocico bajo la axila de Valeria sin querer enterarse de nada.

Tampoco Valeria quería llegar al cuartito desde el que reverberaba la luz de la lámpara de pie con la que Ana Urrutia solía alumbrarse, aunque a veces diera la impresión de que prefería quedarse a oscuras: «Enciendo la luz por ser normal», decía. Después señalaba con un displicente golpe de cabeza la pantalla del televisor: «Y escucho a éstos porque dicen que hacen compañía, aunque a mí me molestan bastante.» En cuanto Valeria aparecía, Ana Urrutia desconectaba el aparato. Pero en aquel fatídico momento Valeria no quería llegar al cuartito del final del pasillo. Habría deseado que una goma elástica la devolviese, una y otra vez, a la puerta de la calle. Agarrotó su miedo cuando vio un pie que asomaba por la puerta de la cocina. La sorpresa más desagradable, en forma de desmayado pie, se anticipaba a la corroboración de las hipótesis lúgubres. El portero sacó el móvil de su chaquetilla e hizo una foto del pie torcido de Ana Urrutia. A Valeria Falcón le dio una arcada que le impidió recriminar al hombre. Quizá ni siquiera hubiese entendido por qué se indignaba con él.

Valeria depositó en el suelo a la perrita Macoque, que se puso a gemir.

«Llame al 112. Vamos, no pierda tiempo.» Valeria fue imperativa y el hurón diligente. Ana Urrutia había caído sobre un costado. Estaba fría, pero no muerta. Valeria pudo notar cómo le palpitaba una vena del cuello. No la tocó más. Se alegró de que la mujer no hubiese muerto, aunque no mucho más tarde se daría cuenta de que esa celebración de la vida era estúpida. Mientras el portero bajaba con sus patitas cortas hasta el portal para esperar allí a la ambulancia, Valeria Falcón se tumbó pegada al cuerpo de Ana Urrutia temiendo que el hurón volviera inadvertidamente y, al ver a dos mujeres desvalidas, se lanzase sobre ellas para alimentarse de su sangre. Ni los hurones más domesticados pierden su instinto mordedor.

El solícito hurón no volvió a subir al piso. La perrita Macoque apoyó su cabeza sobre las patas de delante. Cerró los ojos. Valeria, para humanizar y calentar la espera, para subrayar la compañía, le susurró a la Urrutia al oído el famoso parlamento de doña Inés con el que las dos se habían reído tantas veces. Parodiando. Es decir, odiando un poco. Con la creciente razón de dos santas que aún no sabían lo que les quedaba por padecer.

II

LA BRÓKER FILÁNTROPA

Charlotte Saint-Clair no tenía una vida fácil. Aunque desde fuera pareciese una persona muy privilegiada: el piso en la plaza de los Vosgos, la ropa de firma, el estilo innato –la gente en realidad ignora el significado de ese nombre que es un sinónimo de libra esterlina, euro o dólar–, el lucimiento en el *front row* y el *photocall* sólo en las ocasiones más selectas, la excusa de apoyar a «los grandes amigos», dosificar las apariciones en público, la exhibición de la felicidad que puede resultar hiriente, suscitar el odio, cuidado, cuidado, Charlotte, Charlotte Saint-Clair, aura fragante que envuelve su estilizado cuerpo, sus chaquetas de Chanel y sus vestidos de Dior, lo bien que le sientan los tejanos con una blusa blanca, qué buena percha, hípica, el *casual style* o la alta costura, los moños altos –todo, todo, bien alto– y las joyas grandes, los perros de raza de mamá y papá, la casita en la campiña y las hierbas de Provenza, exquisita educación, modales e idiomas, licenciatura en económicas y en derecho internacional, máster en *business*, la afición al esquí, a la música clásica y al chocolate negro, negrísimo, con una proporción de cacao al 90%, el cuello de cisne y la tez alabastrina de la mujer rubia, etérea, que va una vez por semana al salón de belleza para que le limpien el cutis, suprimir los barrillos con un tratamiento de orquídea, los *stiletto shoes*, la agresividad profesional bajo la fragilidad del cuerpo, los ojos color del metal de la caja fuerte o de la ginebra Bombay Sapphire...

Charlotte Saint-Clair le saca diez centímetros a su marido, pero cuando él la ciñe por la cintura, está claro quién es la yegua y quién el jockey. Quién monta a quién. A ella, jaca de lujo, le gusta que las cosas sean así. La caracteriza una extraña vocación de servicio. Una necesidad de ser dulce en el refugio más allá de los ruidos electrónicos del teléfono móvil y de las terminales del ordenador. Servir al hombre, masajearle los pies, traerle, como un perrillo, el periódico en la boca. Las zapatillas. Mover el rabo. *Arf, arf,* Charlotte Saint-Clair.

Charlotte es clara y Daniel oscuro; ella lampiña, él velloso; ella pulida, pulquérrima, él huele a turba, a veces a sudor; ella es distante y él toca a las personas desde el primer momento. Él es torrencial, cálido; ella, fría en el estrato de la epidermis, pero cada vez que se acuesta con su marido le pone una pasión equivalente a la de Marnie cuando, por fin, supera la frigidez gracias al beso –¿de amor?– de Sean Connery: ojos en blanco, carne de gallina, salivación, reflujos y universo de colores que gira y gira y vuelve a girar; ella bebe con moderación dorados champanes y él es un sátiro amante del tintorro; ella come codornices envueltas en pétalos de rosa o ensaladas envasadas al vacío con estéticas tiras de remolacha que parecen patitas flotantes de medusa, y él roncha jabalíes asados mientras alguien amordaza al bardo de la aldea. «La última imagen define nuestro tiempo», diría Daniel Valls en uno de sus arrebatos de fogoso pesimismo.

Los dos juntitos forman una pareja tan ideal que Madame Valls –¿o será Saint-Clair?–, como Melanie –ahora arrepentida–, se habría tatuado en el tríceps el nombre del esposo si no hubiera recordado de repente los descompuestos músculos de los hooligans que toman el sol en una playa del Mediterráneo, marines y viejos lobos de mar sin dientes, personajes de una vulgaridad indescriptible. La imagen del nombre, Daniel, Dan, mi Dan, derramándose hacia el codo cuando la piel ha perdido su tersura, disuadía a Charlotte de grabarse su amor sobre el cuerpo con tinta subcutánea. Para gritárselo al mundo. Qué despropósito: Charlotte no grita nunca y conserva en perfecto estado de revista el agujero del ombligo y los huecos interdentales.

La vida de Charlotte Saint-Clair, vista a través de la luna del escaparate de una boutique, habría parecido muy sencilla. Pero las apariencias engañan –o no– y los ricos también lloran, y Charlotte soportaba el peso de ciertas cruces sobre los hombros. Se sentía orgullosísima de un hombre tan salvaje, libre, sentimental y bueno como su esposo. Se sentía mejor persona e incluso muchísimo más guapa ante el hecho de que Daniel se hubiera enamorado de ella. La bella bróker había asumido que una de sus funciones en la vida consistía en proteger al actor, al extraordinario ser humano, de su propia sensibilidad y de los cada vez más frecuentes ataques externos. Charlotte era una esposa muy chic, muy *jolie* y muy aparente, pero también muy protectora, muy gallina y muy francesa. De modo que Charlotte, que llevaba con tranquilidad las subidas y bajadas de la bolsa y la posibilidad de que, bajo las teclas que pulsaban las yemas de sus deditos enjoyados, se almacenasen cantidades incomprensibles de dinero y un desliz supusiera una pérdida mortífera no ya para un inversor sino para una de esas naciones que debían funcionar como empresas, Charlotte, la mujer convencida de que la riqueza gotea de arriba abajo, una gran profesional del quito de aquí y pongo allá, ruletista engrasadora de los resortes del mundo, esa Charlotte, sin un ápice de cinismo y con menos contradicciones, sabía que Daniel era su talón de Aquiles, el punto negro que humanizaba su cutis: una sensación que no llegaba a gustarle pero tampoco le desagradaba. Su filantropía giraba en torno al eje de su amor conyugal. Molinillo y péndulo del hipnotizador. A Charlotte le temblaba un párpado cuando tenía que proteger a Daniel de su gusto por hacerse daño: estoy gordo, se me cae el pelo, Soderbergh no me va a volver a llamar, me he pasado de rosca, Charlotte, me he pasado de rosca, qué va a ser de mí, no voy a poder hacer ni anuncios de champú, Charlotte, fíjate lo que te digo, ay, Charlotte, que no puedo, que no puedo, por qué me miran así, pero qué es lo que hago mal, ay, Charlotte... Cíclicamente, Daniel volvía a las andadas. A veces sin una razón concreta y otras con toda la razón del mundo.

Ella era una mujer consecuente, una bróker filántropa y la mejor de las esposas. Revelaba su corazón de oro cuando acunaba a Daniel, lo consolaba, paseaba de puntillas por su piso de la plaza de los Vosgos para no interferir en las sesiones de estudio y memorización de su marido. «Chisssss», le decía Charlotte a Lucille, la *bonne,* mientras Daniel Valls pasaba los ojos por décima vez sobre la misma hoja del guión. Madame Saint-Clair –¿o Madame Valls?– se encerraba en la cocina con Lucille, desaparecía dentro de su propia casa, mientras el actor se concentraba a duras penas y se fumaba un pitillo pensando en esas cosas tremebundas que a menudo su mujer tenía que borrarle del lienzo de la mente con un paño empapado en trementina. Charlotte se empeñaba en que Daniel no se castigase; alababa su naturaleza sensible y su impulso moral, sus ojos empañados de lágrimas por las injusticias, pero le invitaba a que ni la sensibilidad ni la moralidad ni el aluvión de lágrimas le impidiesen ser feliz. Pero Daniel, como la loca de su amiguita Valeria, a quien Charlotte no podía ni ver de tanta manía como le tenía, vivía sumergido en una espiral autodestructiva que nunca jamás le dejaba disfrutar del lado bueno de las cosas ni de los pijamas de seda.

Menos mal que ahí estaba Charlotte para salvarle. Como hoy, que se había marcado el objetivo de que Daniel no encendiera el ordenador. Mientras leía los cuatrocientos veinticinco mensajes insultantes hacia Valls por haber firmado el manifiesto, Charlotte pensaba que su vida podría ser mucho más tranquila y que, en el fondo, su marido se andaba buscando lo que le pasaba. Tras la desolación, Charlotte imaginaba la respuesta de Daniel: «¿El éxito nos tiene que enmudecer a la fuerza?», «¿La riqueza siempre despierta suspicacias?», «¿El dinero lo legitima todo excepto la conciencia política?». «¿Quién tiene más mérito, el que lucha por el género humano y puede perderlo todo o el que no tiene nada que perder y es su desesperación la que le impele a luchar?», «¿Qué significa *no tener nada que perder?*». Daniel se revolvería como si tuviera dentro un demonio, un cocodrilo o un banco de anguilas electrónicas.

«¿Qué pesa más, un kilo de plomo o un kilo de paja?» Cuando era niño nunca entendió por qué su padre se reía cuando él contestaba sin atisbo de duda al acertijo: «El de plomo, papá, el de plomo.» Por su parte, Charlotte lo entendía perfectamente. Era bróker y economista.

EL ÉMULO DE GEORGE SANDERS

«¡Lorenzo!, ¡Lorenzo!, ¡pero, Loren, leche!, ¿me estás oyendo?»

Lorenzo Lucas cerró la boca, pero siguió observando el hueco intraclavicular, horquilla esternal o Bósforo de Almasy de Natalia de Miguel, que, en una pausa del ensayo, hablaba por teléfono y se reía con esa risa argentina que a Lorenzo le imantaba los oídos y le hacía sonreír tontamente. Como los que bostezan cuando otros lo hacen delante de ellos. Tal vez es que los actores están obligados a ser empáticos y, más allá del carisma físico –Lorenzo mide uno ochenta y cinco, y tiene un narizón muy sexual–, conviene que carezcan de un criterio firme. Trajes hechos a medida, ranitas miméticas sobre la hoja de nenúfar, camaleones prestos a lanzar la lengua, proyectil pegajoso, cuando pasa frente a ellos el pobre mosquito. Hay que comer. Caracterizada de Anne Baxter, Natalia seguía siendo Natalia. Y eso para una actriz quizá no sea lo ideal, pero a Lorenzo Lucas le encantaba reconocer a la chica por debajo del ropaje y reírse solo, pensando que cualquier participación de Natalia de Miguel en una película de época estaría condenada al anacronismo: ella mascaría chicle en el París del siglo XIV o se recolocaría las tiras del sostén por debajo de la ropa con desvergüenza de *after hours* en el interior de un convento de clausura. Cómo le gustaba a Lorenzo esa desinhibición tan contemporánea. Ese impudor. Y ese ser ella misma de Natalia de Miguel.

Aunque resultaba casi imposible afear a Natalia, la peluca que cubría sus cabellos rubios la avejentaba. Sin embargo, al brillo de sus ojos ultraazules le sentaban muy bien las pestañas recargadas de rímel. El abigarrado rouge convertía sus dientes en una descolocada fila de perlas que hacía juego con su collar y emitía casi un *tilín tilín* con cada carcajada. Encanto. Agrado. Luz. Para Lorenzo Lucas, Natalia era la luz. También, la juventud perdida, Alicia Liddell dentro de la cámara oscura de Carroll, encerrada en el reloj de bolsillo del conejo. Apartó la imagen de su mente para no encontrarse consigo mismo bajo su traje de George Sanders/ Addison DeWitt, su boquilla y su pelo aplastado por ese sombrerito de ala corta que le quedaba chico: Lorenzo Lucas, actor perteneciente a ese grupo que casi siempre está en paro, cincuenta y nueve castañas, en proceso de divorcio, dos hijos –Manolo, hiperactivo, quince años; Leire, cinco años, dice sospechosamente cada día al levantarse: «Papá, soy tan feliz»–, Ele ele, actor rijoso y babeante ante la desenvoltura de una veinteañera. «¡Lorenzo!» Lorenzo oía con sordina los alaridos de Álex, el director de la obra, y sólo pensaba: «Déjame, déjame, déjame dormir...»

Natalia de Miguel seguía hablando con alguien muy divertido a través de su teléfono móvil y Lorenzo la miraba, aunque en realidad la estaba recordando. Se enternecía cuando ella ensayaba las escenas de la obra como si jugase a las casitas. A los papás y a las mamás. «Mira, yo era la mamá, y te cocinaba arroz porque a ti te dolía la barriga, ¿a que te duele?, ¿ves? Pues con el arroz de la mamá ya no te dolerá...» Tal vez, Lorenzo se dijo a sí mismo que estaba enamorado cuando tuvo esa epifanía: Natalia no actuaba, carecía de resabios, jugaba y, cuando ya no podía más, se quitaba la peluca y dejaba de jugar y fumaba uno de esos pitillos de liar que no tiran por mucho que chupes y que ella decía que había dejado para siempre. «Porque actuar es mi sueño, Loren, y no quiero que se me corte la respiración ni que me falte fuelle», decía Natalia como si Lorenzo fuera la primera persona a quien le hacía una confesión que la dejaba desnuda y a merced de sus depredadores. Caperucita. Con cada calada, con cada inhalación, se ahondaba el Bósforo de Almasy de Natalia de Miguel, y entonces Lorenzo Lucas se esforzaba para mirar hacia otro lado porque, si no miraba hacia otro lado, se tiraría encima de ella y le bajaría, allí mismo, las bragas, que olerían a bizcocho, vainilla y ralladura de limones.

A Lorenzo no le importaban las frecuentes peticiones de descanso de Natalia de Miguel. Para echar un pitillo –«El último»–, para llamar por teléfono, para hacer un pis –«Es que ¡con tanta agua!»–. Natalia de Miguel formaba parte del ejército de potomaníacas de su generación. Sólo Valeria le ponía objeciones de maestra Ciruela porque no le parecía bien que su alumna adquiriese hábitos de niña consentida. También la obligaba a vocalizar como una logopeda, con una impostura dramática que incluso Lorenzo Lucas consideraba pasada de moda: «No, así no, Natalia. No es "buenodíacomostausté". Es: "Bue-nos diií-as, ¿coooómo estaaá usted?"» La punta de la lengua de Valeria Falcón se recreaba un rato en los alvéolos de su paladar. «Déjala, mujer, no tiene importancia», le decía Álex mientras Natalia ponía carita del ángel que anunció a María o de ese otro ángel que anuncia queso de Burgos encima de una nube. Después seguía haciendo lo que le daba la gana. A Lorenzo Lucas le seducía el autismo de Natalia de Miguel. Su dulzura autista. Su salirse con la suya que desde hacía un tiempo no encontraba obstáculos: Valeria llevaba una semana ausente porque, de pronto, se le acumulaban los problemas personales y tenía una perra a la que debía pasear dos veces al día.

Cuando Natalia quería descansar, como ahora mismo que hablaba por teléfono y se reía con su risa argentina, Lorenzo no ponía ningún inconveniente: «Dejad que la chica haga lo que quiera.» Después apoyaba el mentón sobre sus manos cruzadas como si sus manos fueran una barandilla, un mirador, y, desde ahí, contemplaba a Natalia, que era una puesta de sol malva. Un regalo de la naturaleza. «Dejad que la chica haga lo que quiera. Al fin y al cabo, ¡trabajamos sin cobrar!» A Lorenzo Lucas no le convencían las nuevas formas de financiación del teatro. Le parecía indigno no cobrar por los ensayos y se tiraba de los pelos cuando se acordaba de la huelga que en los setenta habían impulsado, entre otros, sus buenos amigos Fito y Mari. Le parecía un insulto actuar por un porcentaje de la taquilla. Y que ese sacrificio fuese el precio para poder montar obras más o menos críticas con el estado de cosas. «O es esto o no es nada, Loren», le advertía Álex. Lorenzo se revolvía: «Así que ¿para que yo pueda participar en un espectáculo interesante, crítico o corrosivo, tengo que renunciar a mis derechos como trabajador? Vamos mal, Álex, vamos muy mal...» Álex no podía responder a las quejas de Lorenzo Lucas con argumentos sólidos: «Loren, tú siempre has sido un agorero», «Loren, no seas egoísta», «Algo tenemos que arriesgar, Loren», «El teatro no es sólo una profesión: es un sentimiento» –en ese punto de la discusión Lorenzo Lucas no podía evitar oír sevillanas al fondo de su oído-caseta–, «Loren, no me dirás que haces lo que haces sólo por dinero, ¿verdad?» –música lacrimógena de dolientes violines–, «Loren, un poquito de solidaridad» –«Avante popolo», «A las barricadas», «La Marsellesa», en la jukebox revolucionaria de la memoria de Lucas–. Pero Lorenzo sabía que esta nueva manera de proceder en el oficio les iba a salir muy cara a todos. «¿Solidaridad?, ¿solidaridad contigo, que te crees un sacerdote del templo en lugar de un currante?: tú eres tonto, Álex. Tonto de baba.» Y Lorenzo se descacharraba de desesperación porque estaba seguro de que no habría vuelta atrás.

Pronto, muy pronto, tanto los teatros públicos como los privados impondrían a los actores este nuevo tipo de condiciones en aras de la supervivencia del arte de Talía. El teatro con letras versales y luces de neón. El teatro entre pebeteros humeantes en el Olimpo. Actores iluminados que se cubren con túnicas blancas. Actores que levitan rodeados por el aura que precede a los ataques epilépticos. El teatro encuadernado en piel de cerdo de jabugo. Y eso era lo que más le tocaba los cojones a Lorenzo Lucas. La supervivencia del teatro a costa del pan de sus hijos. La explotación de su buena voluntad y de su sensibilidad artística. Álex jugaba mucho con la sensibilidad artística: «Está el pan y están la rosas, Lorenzo.» «¿Y mis panes, dónde están mis panes?» Lorenzo Lucas, a quien le había costado sangre, sudor y lágrimas que no trastabillaran su nombre y le llamaran Lucas Lorenzo, pensaba que el teatro eran los bufones, las compañías de Shakespeare y Lope, los cómicos de la legua, los hatillos de monedas contantes y sonantes para pagar el agua y el gas. El esfuerzo por hacer la trampa y por ser libre cuando uno sabe que no es libre en absoluto. La metáfora para escamotear la censura de quien paga el espectáculo. Meterla doblada. Eso era lo que le gustaba a Lorenzo de su oficio de tinieblas.

Lorenzo se enervaba cuando Valeria Falcón estaba delante: «¡Cojones! ¡Que yo no soy Daniel Valls! Y no me puedo permitir ir de voluntario, Valeria, yo no puedo...» Llegados a un punto, a Lorenzo nadie le quitaba ni le daba la razón, sobre todo cuando se había tomado un whisky: «A la mierda todo. Vosotros. Tú y tú y tú. La obra. El teatro en general.» Se le iba la fuerza por la boca, pero enseguida se tranquilizaba espiando, desde sus improvisados miradores, a Natalia de Miguel, cuya indolencia laboral y pequeñas desidias, cuyos descansos y pitillitos, le parecían lo único realmente contestatario y correoso que había visto últimamente: «Eres una pirata, Natalia de Miguel.» Como la perezosa vampira Luella Miller en el ojo del huracán de la ética protestante y del espíritu del capitalismo. Natalia, agente secreta del boicot, terrorista, mujer bomba, pasaba de todo mientras fingía que actuar era su sueño y que ponía muchísimo interés. Natalia, la dulce, metamorfoseaba en representación su propia vida disimulando una gran vocación de actriz. «O acaso fingir que se tiene una vocación es idéntico a tenerla de verdad», pensaba Lorenzo Lucas, quien al sorprenderse a sí mismo en estas reflexiones se consideraba una víctima de un tiempo en el que la obsesión por las chorradas había desplazado a la razón pura, la físico-matemática y la vital.

Aunque le diese mucho miedo confesárselo, Lorenzo seguía en ese montaje en blanco y negro –«¡Vade retro, Satanás!», exclamó al enterarse de cuál iba a ser la estética del espectáculo– por varias razones: la necesidad de estar ocupado y no dar vueltas por su casa como un tigre del circo –«Amado don Ramón Vilaamil»– esperando a que alguien se acordase de que él era uno de los mejores actores del panorama teatral español (sic); la conveniencia de figurar y estar en el candelero al lado de una compañía de moda, esnob, solidaria y supuestamente reivindicativa; la vanidad y el gozo de que Álex le hubiese elegido a él para emular a George Sanders, que era uno de los actores más excelentes de la historia del cine; y la joven Natalia, apetitoso producto lácteo expuesto en las pasarelas del supermercado, dulce chirimoya, una de esas cucharadas de crema catalana donde crujen cristalitos de caramelo. «¿Lorenzo?, ¿te ha dado un derrame cerebral?» El timbre de Álex Grande podía descarnar los tímpanos.

Lorenzo encendió el cigarrillo en el extremo de su boquilla de George Sanders/Addison DeWitt y, metiendo tripa, dio unos pasos de claqué hacia Natalia, que en su papel de Eva Harrington le aguardaba en mitad del escenario con las piernas ligeramente abiertas sobre sus tacones. Mientras se iba acercando a la actriz, Lorenzo canturreaba: «Eso es la televisión, amiguita, solamente pruebas...», «Eso es la televisión, amiguita», «Eso es...». Era la respuesta de Addison a Marilyn Monroe, quien después de vomitar tras una prueba para conseguir un papel en una obra de teatro, le pregunta si para ser actriz de televisión también hacen falta tantas *auditions* –en el *perfect English* de Marilyn–. A Lucas no le tocaba decir esa frase, pero le gustaba la confusión triangular entre Natalia, Marilyn e Eve Harrington. También le gustaba hacer el indio con Natalia de Miguel, que, al verlo acercarse tan tieso y recitando un texto erróneo, volvió a reírse haciendo creer a Lorenzo Lucas que había cosas, además del dinero, por las que sí merecía la pena trabajar.

UN TOCADO DE PLUMAS DE AVESTRUZ

Valeria seguía sufriendo arcadas cada vez que veía el pie torcido de Ana Urrutia en las pantallas de los televisores y en los monitores del ordenador. El solícito hurón se había lucrado con esa imagen y con otras que debió de tomar mientras se alejaba por la línea del pasillo para recibir a los médicos del Samur. El hurón inmortalizó el polvo sobre los muebles, las pilas de periódicos viejos, los desgarrones de las tapicerías y las esquinas húmedas con el parqué levantado a causa de la orina de la perrita Macoque. El lado patético de las cosas comenzó a alimentar la leyenda, color amarillo tifoideo, de doña Ana Urrutia que se extendió por los programas de mano de sus representaciones, por los afiches y los carteles cinematográficos. La mujer sin familia hoy pagaba el precio de su indomabilidad y su carácter arisco. Su sexo rodeado de una pelambrera negra, sus ingles sin depilar y su rabillo del ojo. Su decisión de no perpetuarse en hijos que ahora le habrían cogido la mano, velado por las noches, arropado con una mantita y cambiado el pañal. El yo, mí, me, conmigo de Ana Urrutia le estaba pasando factura en sus horas más tristes, pero Valeria Falcón sabía bien que esa renuncia a ser madre había constituido por parte de la Urrutia un acto de generosidad heroica. Nadie que ame a sus hijos puede querer que estén ahí para soportar delirios nocturnos, fecalomas, incontinencias urinarias, exabruptos e insultos que parecen salidos de las fauces de una niña a la que le urge un exorcismo: la rabia del que nota cómo va convirtiéndose en madera de sarmiento mientras llega la muerte que llama a la puerta, con los nudillos duros, haciendo *toc, toc*.

La leyenda de Ana Urrutia ensuciaba, como mancha de nicotina, esos papeles que la actriz recitó como nadie. Ahora sólo importaban la bancarrota y el síndrome de Diógenes. La leyenda color amarillo tifoideo sobre la máscara funeraria del astro apagado. Consumidito. Sonaban las cajas registradoras. Sonarían durante algún tiempo. Después se iría amortiguando el tintineo de las monedas y se apagarían hasta las sombras que nacen de la luz. Pero Ana Urrutia ni siquiera había tenido la suerte de morirse y boqueaba en un asilo económico que pagaba Valeria Falcón. Se la hubiese llevado a su piso, pero no reunía las condiciones mínimas. Tampoco podía renunciar a todo y asistir a la Urrutia. Además, Valeria Falcón, altruista por naturaleza, no quería clausurar de un modo tan abrupto la alegría de vivir de Natalia de Miguel metiéndole en el cuarto a una momia afásica. Estaba segura de que su compañera se amoldaría a la situación con generosidad, igual que se había amoldado a la presencia de Macoque, que roncaba, se tiraba pedos de perra senil y echaba la boca en cuanto se la contrariaba un poco —era una perrita escatológica—. No se podía permitir egoísmos con su inquilina, a quien, por otro lado, notaba

69

cada día más ensimismada y difusa. Como si estuviera fumada. Valeria Falcón se había llevado varias sorpresas mientras tramitaba papeles y hacía gestiones para tratar de ayudar a esa Ana Urrutia que había perdido su prestancia y ahora sólo era una vieja quebradiza que se dejaba desvestir sin protestar ni siquiera cuando las enfermeras le retorcían las costuras de la camiseta. Ya no quedaba nada de aquella mujer que rompió, rabiosa, un jarrón chino porque había olvidado una frase de un parlamento que se sabía de memoria. Ana primero cerró los ojos rebuscando en sus archivos cerebrales. Después los apretó hasta que la raya del *eyeliner* se le cuarteó sobre los párpados. Luego contrajo los puños y, al volver a relajar ojos y puños, miró fijamente a Valeria con esa serenidad que sólo tienen los locos: «No volveré a subirme a un escenario.» Valeria no debía interrumpir el trance de Ana Urrutia, que repitió: «No volveré a hacerlo nunca.» Añadió la diva tras una pausa: «Jamás.» Y tras otra pausa: «Ya no puedo dar lo mejor de mí.» Luego se dulcificó para Valeria: «¿Lo entiendes, chatita?» Y le dio un pellizco justo al lado del agujero del mentón.

Valeria se acordaba de todas estas cosas mientras abría los cajones de Ana Urrutia. Buscaba la póliza de algún seguro, un resguardo, el carné de una asociación, una cartilla de ahorros. Pero encontró trozos de pan duro. Y pelusilla. A Ana Urrutia sólo le quedaba un objeto valioso: un historiado tocado de plumas de avestruz que había lucido en una película rodada en Argentina. Incluso el arcón de ébano estaba demasiado deteriorado como para que nadie lo quisiera comprar. Los ropavejeros dijeron que lo más recomendable sería tirarlo a la basura. Doña Ana, desnaturalizada mujer, también había regalado sus libros a los pocos amigos que se acercaban a visitarla. Algunos volúmenes albergaban dedicatorias que, en manos de un bibliófilo o de un fetichista, podían haber sido de gran valor. Pero en el piso de Ana Urrutia ya sólo vivían los ácaros. Quedaba la mugre. Y el menaje de teflón de una cocina en la que amarilleaba la grasa. «¿Lo entiendes, chatita?» Aunque entendía cada vez menos, intentaba pensar con cariño en su vieja amiga. Evitaba considerarla una estúpida o una irresponsable. Quería comprenderla y no guardarle rencor.

Cuando el Samur recuperó del mundo de los muertos a Ana Urrutia y la llevó hacia un hospital, Valeria descubrió que Ana nunca había cobrado una pensión porque a lo largo de su vida había cotizado erráticamente. No se había preocupado del asunto. La espesa Ana vivía de una exigua ayuda con la que compraba comida para la perrita Macoque, leche, pan, huevos y algo de fruta pero nunca tropical: manzanas, peras, naranjas, plátanos. Saquitos de patatas. Tetra briks de vino de mesa. Ahora de nada le servía haber sido la gran dama de los escenarios. Una de las primeras mujeres que se pusieron pantalones. La Urrutia tampoco había pagado la cuota de una asociación que se encargaba de reclamar los cadáveres de los actores muertos, los rostros muertos más queridos de las sobremesas entrañables.

«Ana Urrutia, la decadencia de un mito». Detrás de los titulares de los programas sensacionalistas de la televisión que anunciaban el deterioro físico de la actriz y su ruina, Valeria adivinó la ira del público. La misma satisfacción y el mismo resentimiento que se experimenta cuando alguien famoso muere y el espectador no es el muerto y se acuerda del *ubi sunt* aunque no conozca el significado de la expresión en latín porque el *ubi sunt* es una molécula más de un ADN mezquino, negro y miserable que nos concede un punto de vergonzosa felicidad ante la desgracia ajena: «Que se joda», «Que no hubiese despilfarrado el dinero», «Otros se pasan

71

la vida trabajando y nadie se entera de si se mueren solos o en compañía», «¿Y por qué no cumplió esa loca con sus obligaciones?, ¿estaba follando o qué?», «Estos del teatro ¿se creen que tienen patente de corso?», «Ésas son las funestas consecuencias de estar acostumbrado a vivir del cuento», «Anda y que les den morcilla», «Pandilla de parásitos». Mientras escuchaba estas voces interiores, Valeria sólo podía imaginarse rostros de gente mala que inconscientemente reproducía en su propio rostro. Torcía la boca. La cara le dolía y se le marcaban arrugas. Tenía miedo. Lo daba.

Durante los tres días que Ana Urrutia estuvo ingresada en el hospital, Valeria Falcón removió Roma con Santiago para encontrarle un lugar donde pudiera quedarse cuando le dieran el alta. Llamó a cuantas puertas se le ocurrió llamar. Pulsó sostenidos y bemoles. Algunos compañeros de profesión estaban dispuestos a hacer una colecta para comprar una buena corona en previsión de un fatal –providencial– desenlace. Ana Urrutia, desprovista de memoria, no reconocía a nadie de su entorno y se sentía en una constante situación de peligro. Se tapaba la cara con las manos. Se abrazaba a sí misma. No paraba de gemir como si la estuviesen golpeando. Pero no se había muerto y no necesitaba una corona de flores cárdenas ni que el Teatro Español cediese su vestíbulo para instalar una capilla ardiente. Todavía no. Doña Ana necesitaba otra cosa: una eutanasia o tal vez los cuidados de una enfermera que usara cremita de manos fabricada con cera de abejas que no pican.

Valeria incluso fue a visitar a su tía Laura olvidando que la siempre elegante Laura Falcón, la mujer que había sabido envejecer con mayor dignidad sobre las tablas, la siempre familiar y nunca escandalosa Laura Falcón, había sido quien, a la chita callando, había coronado a doña Ana Urrutia con el epíteto heroico de la espesa Urrutia. El origen del apelativo se remontaba a una entrevista en un programa muy popular en la parrilla televisiva de los años setenta. El periodista preguntó a Laura Falcón: «¿Y qué opina usted del trabajo de Ana Urrutia en el último montaje de *La hija del aire?*» La Falcón respondió: «Un trabajo muy espeso. Maravilloso. Como todos los de Ana.» «¿Espeso?», repreguntó el periodista. «¿Espeso? Yo no he dicho espeso, he dicho profundo», replicó Laura, contrariada. «Perdone, doña Laura, pero ha dicho "espeso"», el periodista no era hombre de evitar conflictos, sino más bien de propiciarlos. Laura Falcón de repente cambió de actitud. Parecía una niña pequeña. No, no parecía una niña pequeña sino algo mucho más abyecto: parecía una señora mayor que fingía ser una niña pequeña. La vocecita infantilizada de Laura Falcón pedía disculpas: «Ay, perdone, es que algunas veces soy un poquito dislálica...» «Entonces, como actriz, tendrá que esforzarse usted el doble», el periodista hizo una broma. Y Laura Falcón le siguió con una esplendorosa sonrisa que dejó al descubierto unas manchitas de carmín en sus dientes que a la tía Laura, cuando se vio en pantalla –el programa era en perfecto diferido–, le parecieron del todo imperdonables: «No lo dude, caballero, no lo dude...» Ahí se sentaron los cimientos de un apelativo que a doña Ana nunca le gustó. No porque aludiera a su posible falta de higiene, a su sexualidad morbosa o a sus borracherías, sino, sobre todo –y esto era lo que más le dolía a la Urrutia–, porque hacía reparar al público en la turbiedad que, en algunos momentos de sus actuaciones, empañaba su dicción. «Qué zorra, tu tía», se lamentaba la Urrutia. «Sí, un poquito», respondía Valeria, que recordaba muy bien que su tía nunca le había echado una mano en sus comienzos. «Después me lo agradecerás», decía Laura Falcón. «Qué pedazo de hija de perra...», musitaba Ana Urrutia para después rematar: «Debería ponerme

73

unas cuantas piedras en la boca...» Y se echaba a reír con gran desesperación.

La actriz que con más dignidad había envejecido en la escena española se escabulló, una vez más, de los requerimientos de su sobrina. «Querida, todos estamos muy mal. A veces las cosas no son lo que parecen», le dijo dando una vuelta en el dedo a su anillo de esmeraldas. «Quien siembra vientos recoge tempestades, hija», dijo doña Laura, y en ese punto casi había parado de sonreír. «No me hagas hablar, Valeria, no me hagas hablar.» Laura Falcón nunca dijo que no, pero estuvo diciendo que no todo el tiempo. Cuando Valeria ya se iba a marchar, su tía le hizo una sola pregunta: «¿Tiene Ana aún aquel tocado de plumas de avestruz?» A la tía Laura le daba lo mismo que doña Ana guardase o no ese fetiche. Sólo pretendía constatar que conservaba la memoria y que una parte muy importante de ella era la memoria de su resentimiento. Valeria no contestó a la pregunta de la tía Laura. Pero sacó la puntita de su aguijón: «Tía, tienes los dientes manchados de carmín.» Instantáneamente Laura Falcón abrillantó el esmalte de sus paletos postizos con la yema del dedo. La tía Laura acompañó a Valeria hasta la puerta y volvió sobre sus pasos para ir al cuartito de estar, donde el tío Fabián la esperaba para jugar su partida vespertina de bridge. «Es formidable para ejercitar la memoria», afirmaba Laura. «Y desarrollar la capacidad de cálculo», recalcaba el tío. Mientras bajaba en el ascensor, Valeria sufrió un ataque de mala conciencia. Siempre le ocurría cuando obraba medio mal. Quizá lo de su tía Laura no era mala intención y verdaderamente a veces las apariencias engañan. A lo mejor el anillo del dedo era de cristal de roca. A Valeria le hubiese gustado echarle un vistazo a la nevera para comprobar si sus tíos guardaban allí buenos filetes y un par de benjamines fríos que estaban siempre a punto para hacer *chin chin.*

Tras mucho papeleo, Valeria pudo ingresar a Ana en un asilo porque un concejal de cultura de un pueblo de la periferia de Madrid le hizo un favor. La lista de espera era muy larga y Valeria, aunque al principio se avergonzó mucho, después decidió que no podía lamentarse más. Se tapó los oídos para bloquear los rugidos de la jauría: «¡Enchufe!, ¡nepotismo!, ¡prevaricación!» Cada uno utilizaba la palabra que correspondía a su nivel de estudios. Se tapó los oídos porque su situación era insostenible y ni siquiera había calculado durante cuánto tiempo podría pagar el precio por la digna asistencia de su amiga. Aun así, el asilo, el olor, la inmovilidad de los viejos, las correas y las rutinas, habían logrado que el alma se le cayera a los pies.

Valeria hizo un esfuerzo para verse a sí misma dentro de veinte o treinta años, y decidió que lo mejor sería volver a fumar, excederse con la ginebra y con las malas compañías, follar sin condón y no lavarse, comer pasteles y torreznos en las barras de los mesones, apoyar las nalgas en los retretes públicos, salir a la calle para aspirar bocanadas de dióxido de carbono. Pensó: «Será mejor morirse pronto.» Valeria Falcón, sin hijos ni hermanos, sólo se relacionaba con miembros de su familia que eran más viejos que ella y había perdido el rastro genealógico de esos primos segundos o terceros que habían procreado alejando a sus criaturas de las antenas de telefonía móvil, de las fibras sintéticas y del centro de las grandes ciudades. «Será mejor morirse pronto», volvió a pensar a la vez que se convencía de la urgencia de poner sus papeles en orden, solicitar su vida laboral, echar unas cuentas de la vieja —me llevo una y bajo el cero— que no le iban a salir, años cotizados y por cotizar, bases imponibles. Tomó la decisión de concertar una cita con el notario para hacer un testamento que Ana Urrutia tampoco se había molestado en redactar. No había parientes. Nadie se había presentado a cuidar de una tía lejana incapacitada, pero Valeria tenía la sospecha de que, si intentaba disponer del piso de algún modo, aparecerían familiares, hoy invisibles, que la denunciarían por aprovechada y sacacuartos. Ignoraba cómo conseguir que el único bien que poseía la Urrutia después de toda una vida de trabajo, la casa, se convirtiese en dinero para abonar la cuota del asilo donde le habían asegurado que la estancia de Ana Urrutia sería larga. Porque la vieja actriz no se podía valer ni reconocía a nadie, se cagaba y se meaba, temblequeaba, pero tenía el corazón fuerte. Como esos árboles que se usan para anunciar seguros de vida. La muerte llamaba a la puerta con los nudillos duros, haciendo *toc, toc* y el corazón incombustible de Ana Urrutia le respondía *tic tac*. Sin amedrentarse.

Valeria restregó entre los dedos las plumas de avestruz. Le subió a la nariz un olor a polvera antigua y a perfume Joya de Myrurgia. Con la mano izquierda acariciaba la cabeza de la perrita Macoque; al animal le rechinaban los dientes. Valeria estaba en su piso y no tenía ninguna gana de ir a ensayar su papel de Margo Channing. De pronto, mientras seguía manoseando las plumas, tuvo una revelación: le vino a la mente la imagen de Daniel Valls.

Era dorada y relucía.

«CLIC, CLIC»

En su despacho de la Financial and Money Company, Charlotte Saint-Clair se deshacía a mordiscos la manicura francesa. Uña rosa perlado con una medialuna pintada de blanco en cada lecho ungueal. Justo en el borde de las cutículas. A mordiscos, el esmalte se iba resquebrajando y la media luna dejaba de serlo para pasar a ser una estrella de cinco puntas. Un roto. Una mancha. Charlotte se había quedado en París por ineludibles asuntos laborales. No podría acompañar a su marido a la gala de los premios Goya en la que Daniel Valls iba a entregar el premio a la mejor película de habla no hispana que, casi con toda seguridad, iba a recaer en un director belga muy amigo suyo. Cine social.

Mientras miraba la pantalla de su ordenador, dos asuntos preocupaban a la bróker filántropa. Si Daniel descubriese que le había desactivado su alerta de Google para que no se torturara con los comentarios, noticias y blogs insultantes que había suscitado la firma del dichoso manifiesto, a lo mejor se enfadaría con ella. Explosivamente. Como Daniel se enfadaba cuando se enfadaba. A la española. Con la boca llena de «coños» y de «me cago en la puta hostia» y de «tú, francesita de *merde*, ¿eres gilipollas o qué?». A Charlotte Saint-Clair le encantaba cómo Daniel Valls subrayaba las jotas y las eñes, lo mal que pronunciaba el francés y cómo se le llenaban las muelas —las encías se le acalambraban— de una rabia de la que se arrepentía pronto. Mientras la insultaba, ella levantaba el mentón y lo observaba muda con ojos flamígeros. Admirándolo. Cómo le gustaba la pasión de Daniel Valls. Su violencia viril. Sin embargo, cuando ella adoptaba esa actitud de orgullo por su hombre, Daniel no la comprendía: no sabía interpretar el destello de sus ojos. Él pensaba que era rencor, desafío o una venganza de esas que se sirven mejor frías como el fiambre o el champán rosé.

La bróker filántropa no estaba segura de que Dan le fuese a agradecer su devoción como esposa. Ella quería protegerle del mundo exterior y de las estocadas suicidas con que él mismo se solía castigar. Un pensamiento consolaba a la bróker filántropa: no era muy probable que Daniel se entretuviese jugueteando con internet en el teléfono. Normalmente era su agente quien establecía los contactos y, además, su marido no era un tecnófilo. Hacía gala de ademanes rupestres. Formaba parte de una especie que debería estar protegida y que, en un alarde de conciencia ecológica y de esa filantropía que la caracterizaba –inversión en fundaciones culturales, mecenazgo, donaciones a residencias de perros perdidos, rastrillos benéficos...–, Charlotte Saint-Clair preservaba en el zoológico de su corazón.

Pero la mayor preocupación de la bróker filántropa se llamaba Valeria. Después de poner una conferencia desde Madrid de casi una hora, «la valeriana soporífera» –así la llamaba Charlotte, que mostraba cierta dificultad para pronunciar las erres– y Dan habían quedado para asistir juntos a la jodida gala de los Goya. Charlotte Saint-Clair se destrozaba a bocados la manicura francesa porque temía que Valeria y Daniel revivieran uno de sus polvos pretéritos. Polvos de actores que destellaban purpurina al romper la bolsa fetal de luz que rodea el cuerpo de las estrellas de cine. Polvos de actores que Charlotte asociaba a una palabra: «Mírame.» Valeria y Dan, frente a frente, diciéndose «Mírame» el uno al otro, desnudos y retadores, metiendo tripa y sacando pecho, colocándose el pelo detrás de las orejas y ensayando su mejor perfil, a punto de embestir el cuerpo contra el cuerpo, enseñando los dientes, resollando... «Mírame», «No, mírame tú a mí», «Ya te estoy mirando», «Te miro», «Nos miramos». De súbito, la carrera del uno hacia el otro. El contacto. El acoplamiento. La cópula. La explosión. La bróker filántropa rompió con los dientes el capuchón de la pluma. Contrajo los muslos y experimentó una puntadita simultánea de miedo y placer.

«Mírame.» «Mírame más.» «A los ojos.» «A la cara.» «Mírame.» «Así.» «No dejes de mirarme.» Cuando Charlotte hacía el amor con su marido, seguía esa instrucción

–«Mírame»– que, si bien Dan no verbalizaba, ella asumía como si al amarlo lo fotografiase desde todos los planos posibles. *Clic, clic.* De espaldas, cuando le chupaba la nuca y colocaba sus pechos encima de su cuerpo de macho. Macho, macho. Ella era la piel, él su serpiente. Ella era el abrigo de visón, él el hombre que estaba a punto de morir congelado. Aunque el cuerpo de Daniel solía quemar y, en la cama, él era hilo radiante y estufa catalítica. *Clic.* Charlotte Saint-Clair le separaba las nalgas y, si quería que Dan llegase pronto al clímax, no tenía más que pasarle la lengua por esa puntada de carne que cose el escroto al agujero del culo. Qué gusto más delicioso y más largo. *Clic,* Daniel, maravilloso, orgiástico, con las hebras de pelo pegadas por el sudor, parecía un funcionario de ventanilla, un destripaterrones, un personaje cómico de una de esas películas españolas de los años sesenta que Dan, gran admirador de los actores de ese periodo, había obligado a ver a la bróker filántropa más de mil veces: «Representan un mundo perdido, *ma petite échalote.*» Charlotte Saint-Clair, al pasar la lengua por esa costura tan íntima y fecal, lamía el pétalo de un crisantemo. No, no, no. Un crisantemo *pas du tout.* El pétalo de una de esas flores granates que parecen crestas y papadas de pavo y se colocan sobre las tumbas los primeros de noviembre. *Clic.*

Daniel, de costado, con las costillas un poco marcadas, sólo un poco, a consecuencia del estiramiento del brazo. El oscuro hueco de la axila que tiraba a verdosa por los bordes. *Clic,* escorzo magnífico.

Daniel, de frente, se sujeta la verga. Después se tumba con cuidadito para no descomponer el cuadro y su polla desafía la ley de la gravedad como el palo mayor de un barco pirata, aunque quizá no sea ése ni el mástil ni el símil más adecuado, porque la polla de Daniel es chata y dura, rocosa, terráquea como el tronco de un champiñón, y Charlotte amaga sobre ella, sin llegar a metérsela del todo, hasta que, tras veinte o treinta levísimos toques que los excitan a ambos, se ensarta en la verga dura como un pollo a punto de dar vueltas en los hierros del asador. *Clic, clic.*

El pecho peludo de Daniel Valls muestra un magnífico primer plano de mundo vegetal y selva virgen. Igual que la vena del cuello, el hueso de la mandíbula, el perfil algo abultado de la barriguita de un hombre que no siente gran predilección por los aparatos aeróbicos pero ama el vino tinto y el queso curado en aceite. La bróker filántropa besaba la boca, negra de vino, de su Daniel. *Clic, clic.*

Quedaba la mejor foto: el hombre tomándola por detrás –el agujero en este caso no tenía importancia–, la pelvis de él rebotando en las nalgas de ella mientras los dos se miran en el espejo de su alcoba, él, vaquero chaparrito y dominador, ella, cada vez más fané y más descangallada. *Clic.* No hay negativo que recoja tal cantidad de placer. Cuarto y mitad. Una fanega de placer. Veinte arrobas.

Charlotte Saint-Clair trataba de borrar de su mente los negros nubarrones pensando que para su Dan sería pesadísimo ver cómo Valeria Falcón posaba para él. Levantándose una teta con la mano como si el pecho fuera un fruto que llevarse a la boca. *Clic.* Reteniendo el aire en los pulmones para sobredimensionar la cavidad tercermundista de unas costillas muy, muy marcadas, con aspecto de armadura o de traje de buzo. *Clic.* Dejando asomar la lengua, del color de los chicles de fresa ácida, entre los colmillos de vampiro.

«Mírame», «No, mírame tú a mí», «No, tú a mí», «Te he dicho que me mires», «¿Por qué cierras los ojos?», «¡Que me mires te he dicho!». Sólo la bróker filántropa sabía colocar el ojo sobre el ombligo de Daniel y traspasarlo. El ojo de cristal de Charlotte le practicaba a Daniel Valls las mejores laparoscopias. A veces el ojo se aplicaba sobre el agujerito de la verga convertida en periscopio o catalejo. Pero a Dan no le gustaba tomar fotos –«Amor, se me ha acabado el carrete»– y a la soporífera valeriana tampoco le resultaría estimulante observar a través del ojo de la cerradura, sino ser la chica espiada por el objetivo del mirón. Haciéndose la tonta. Lo que les gustaba a Valeria y a Daniel era que los fotografiasen. Seguro que Valeria sufría la misma enfermedad narcisista que el marido de la bróker filántropa, que había estado de acuerdo con la decisión de Daniel Valls de no tener hijos, sobre todo para no entrar en esas dolorosas competiciones de a quién quieres más: a la nena o a la mamá, al papá o al chiquitín.

La bróker filántropa no se llegaba a creer sus propias mentiras, pero tuvo que levantarse de su sillón ergonómico para cambiarse las bragas de raso. Se hubiese sentido mucho más cómoda, aunque también mucho menos excitada, si hubiera sabido que Valeria y Daniel estaban a punto de vivir una crisis. Si hubiera sabido que sus pretéritos polvos enamorados habían pecado de modestia y de pudor. De sosería. Casi les gustaba más abrazarse que follar.

Todo lo contrario de lo que le sucedía a Daniel con su esposa francesa, que le molestaba cuando pretendía subirse en sus rodillas para hacerle cariñitos porque, como era una mujer llena de aristas y filos cortantes, solía quedársele clavada en un michelín. Yegua flaca. Pero buenísima. Obediente y muy corredora. «Si su padre la viera...» *Clic, clic.* Cuando tenía ese pensamiento Daniel se sentía como el demonio.

Muy regocijado.

Para Natalia era un alivio contar con el apoyo de Lorenzo Lucas. Mientras caminaban juntos hacia los estudios televisivos donde ella iba a realizar un *casting* para entrar en un *reality show*, le temblaban un poquito las piernas y quizá no hubiese podido avanzar más si Enzo –sí, Enzo, al menos durante una breve temporada– no la hubiese empujado. Suavemente. «Pero, mi niña, ¿tú quieres o no quieres?» Ella le miró con ojos de «Ay, yo no sé» y él le cogió entre las manos la carita de anuncio de bollos de leche para el desayuno: «Esto no es obligatorio, mi niña.» Entonces Natalia besó la punta de la nariz del nuevo Enzo Luca –«Me has puesto nombre artístico de cantante de festival de San Remo», se rió Lorenzo Lucas con deje italiano de anuncio de espagueti. «¿De dónde?», respondió ella, y siguió andando porque no podía echarse atrás después de lo que había sucedido en el último ensayo de *Eva al desnudo*. Menos mal que Lorenzo había estado ahí para hacer ver a los demás, sobre todo a Valeria y a Álex, que su decisión era completamente legítima y razonable. Mucho más legítima y razonable de lo que ella misma, inconstante, traidora y caprichosa, había pensado en un primer momento. Natalia necesitaba a alguien como Lorenzo Lucas. Sobre todo, para que le diera la razón.

En el último ensayo, Natalia no había dado pie con bola. «Un segundito que enseguida me acuerdo. Ya me viene, me viene...» Pero las palabras no terminaban de venir desde ningún recóndito lugar y Valeria empezó a enfadarse porque, cumpliendo la máxima etológica y fisonómica que asegura que los animales y sus dueños acaban pareciéndose, Valeria había sufrido una mutación que la mimetizaba con la perrita Macoque. No era sólo que anduviese por la vida despeinada y con el gesto, contraído y agrio, de una perrita pequinesa, sino que además había perdido toda su paciencia didáctica. También, como la perrita Macoque, echaba la boca ante la más mínima provocación. Incluso ante algunas muestras de cariño se revolvía. Como si las considerase agresiones. «A eso se le llama susceptibilidad», le había aclarado Lorenzo cuando Natalia le explicó la metamorfosis operada en su relación con Valeria. «La susceptibilidad es un síntoma de la menopausia, mi niña», pontificó el páterdoctor Enzo Luca, que como la mayoría de los cantantes melódicos italianos no había desarrollado una sensibilidad especial hacia la situación de las mujeres –de ello podía dar fe Matilde, su ex esposa–. Natalia discrepó: «No, no. Valeria es aún demasiado joven.» «¿Sí?», a veces Lorenzo Lucas se comportaba como una serpiente de cascabel. Sobre todo, cuando acentuaba los parecidos entre Valeria y el personaje que interpretaba en *Eva al desnudo:* la inseguridad y el miedo a envejecer sola. Los gajes del oficio. El fantasma de Ana Urrutia que lo rodeaba todo.

Natalia le contó a su nuevo confidente que, mientras ensayaba su papel de Eva Harrington delante del espejo, Valeria le dijo que debería meterse piedras dentro de la boca. «¿Por qué me tiene que decir a mí que me meta piedras en la boca? Mejor que se las meta ella por el...» Lorenzo Lucas, quedándose con la curiosidad de verificar la opción léxica de Natalia –chocho, culo, ojete, coño, chirimoyo, parrús, pepitilla, higo, conducto anal o vaginal–, la interrumpió: «Demóstenes.» «¿Qué Demóstenes ni qué niño muerto?», se revolvió Natalia. Entonces, la aleccionó sobre el caso del orador tartamudo o con dificultad para pronunciar la erre, no se acordaba. «Pues peor.» Y cuando él preguntó por qué peor, Natalia se lo dijo: «Porque tartamuda o gangosa lo será su madre.» A Lorenzo le encantaba la espontaneidad a chorro de Natalia de Miguel. Y lo pronto que se serenaba después de unas explosiones y de unos ataques de sinceridad que eran la medicina para no enfermar de resentimiento. También le gustaba muchísimo acariciarle la cabecita a la pequeña Natalí que había empezado a ver a Enzo Luca como un padre y un mentor, pero no como un mentor pedante de muceta y birrete, sino como uno muy práctico, de bolsillo, que le proporcionaba las informaciones a ráfagas justo en el momento en que ella se encontraba perdida. Empezaba a ver a Lorenzo como un hombre con el que podría llegar a tener ganas de follar.

Natalia entendía que Valeria estuviera angustiada por la situación de Ana Urrutia, pero lo que no podía tolerar era que pagase con ella sus preocupaciones: «Baja la basura», «Me debes este mes», «¿Por qué no metes la ropa sucia en la lavadora?», «¿No tienes nada mejor que hacer que estar viendo ese culebrón?». Peor que su madre, a quien, al menos, sí le gustaban los culebrones y esos programas de telerrealidad de mujeres ricas y de hijos de papá y de granjeros que buscan chicas que sepan alimentar a los pollos y hacer buenas tortillas de patatas para casarse con ellas. Natalia no protestaba cuando todo lo que hacía o lo que dejaba de hacer, sus pecados por acción u omisión, todo, le parecía mal a Valeria. Sólo perpetraba una minúscula venganza. Bajaba a la perrita Macoque del sillón y la dejaba en el suelo, que era donde un perro debía estar. «Ahí, en el puto suelo.» La perrita Macoque le echaba la boca, pero no conseguía morderla porque Natalia había desarrollado unos reflejos circenses y la perrita Macoque era ya más vieja que el canalillo. Tampoco le quedaban demasiados dientes.

En el último ensayo Valeria había volcado la rabia en su interpretación de Margo Channing, que se ponía como una hidra con la dulce Eva Harrington, es decir, con Natalia de

Miguel. Álex Grande alabó mucho la veracidad que Valeria Falcón había logrado imprimir al personaje de la Channing. Porque Valeria Falcón era una actriz de casta y movía como nadie esa melena negra que le tapaba un ojo y era clavada a la Bette Davis de la película sin perder por ello su personalidad. Álex seguía con arrobo las evoluciones de patinadora sobre hielo de Valeria Falcón, su manera bestial de enseñar los dientes en la sonrisa, sin percatarse de que Natalia estaba temblando no porque tuviese delante a Margo Channing, sino porque una cabreadísima casera se le venía encima. Las meteduras de pata de Natalia, que ni vocalizaba ni se sabía el papel, irritaban cada vez un poco más a la actriz madura que empezaba a confundir la ira de la Channing con su propia ira reduciendo a juego de niños el método Stanislavski. Todo comenzó a emborronarse. Valeria ya no separaba la ficción de la realidad porque, si el momento de ficción le parecía sórdido —nadie daba crédito a la susceptible y temperamental Margo Channing, a la diva incapaz de contener su envidia—, la realidad era aún más devastadora: ella no sabía qué hacer y Natalia, desde que sucedió lo de Ana Urrutia, no había mostrado ninguna sensibilidad. Sólo miraba con asco a la perrita Macoque que estaría echando mucho de menos a su dueña verdadera. O, tal vez, todo eran imaginaciones de Valeria y no se podía pedir peras al olmo, y Natalia era como siempre había sido y entonces Valeria se enfurecía todavía más, porque lo hacía contra sí misma y contra su incapacidad para distinguir los perfiles de las cosas... Pese a sus esfuerzos por contenerse, Valeria, haciendo de Margo, zarandeó a Eva Harrington, interpretada por Natalia, en una escena en la que las dos actrices no hubieran debido ni rozarse.

A Álex Grande, acostumbrado a estas catarsis en los ensayos que se producían a menudo porque, como todo el mundo sabe, los actores son unos histéricos, le preocupaba la incompetencia de su Eva Harrington. Se arrepentía muchísimo de haber atendido la petición de Valeria y de haberle dado el papel a esa niñata de físico agradecido, aunque un poco basto –mirándole de cerca la piel Álex detectaba barrillos y engordaderas– y cabeza llena de serrín: posponer el estreno de la obra y prolongar un periodo de ensayos por el que los actores no percibirían ni un céntimo era imposible. Mientras pasaba por alto que los vapuleos de la Channing a la Harrington empezaban a rozar la desmesura, a Álex sólo le aterrorizaba la reacción de Lorenzo ante la posibilidad de que hubiese que retrasar el estreno de la obra a causa de la falta de disciplina de una joven debutante. Pero el magnífico émulo de George Sanders, para sorpresa de Álex, no movía ni un músculo de la cara mientras Natalia de Miguel se quedaba en blanco. No la ridiculizaba, ni la apremiaba como un feriante detrás del mostrador de las rifas: «¡Venga, vamos, que nos vamos! Que esto es gratis, chica, ¡gratis!, espabila, que no podemos estar aquí toda la noche, que yo ahora me tengo que poner la pajarita y el traje de pingüino para irme a ganar el pan de mis niños en la cafetería Nebraska. ¿Te enteras, mona? Pues, hala, menos gilipolleces y a aprenderse el papelito...» Pero no. Lorenzo Lucas, el soberbio actor de La Elipa, llamado así por ser nativo de un barrio popular de Madrid próximo al cementerio de la Almudena que una vez fue asentamiento de traperos y más tarde cuna de grupos de rock, esta vez permanecía mudo mientras Natalia de Miguel, moviéndose como un pato mareado encima de las tablas –Álex se percató de que la chica era de pata gorda–, utilizaba sus risitas para camuflar la falta de estudio: «Ay, perdón, que no era así», «Espera, espera, que ya me viene, que me voy a acordar, ¡no me lo digas!». En su rincón del ring, Álex Grande tiró la toalla.

86

Pero Valeria no se aguantó: «Me das vergüenza.» Natalia de Miguel tampoco: «¿Sabes, Valeria? No me gusta esta obra. No me gusta este papel. No me gusta Eva Harrington. Es una estúpida. A mí por nada del mundo me gustaría ocupar tu lugar. Ni parecerme a ti.» Después informó a todo el mundo de que faltaría al próximo ensayo porque iba a hacer un *casting* para un *reality* de la televisión. Si la cogían, sería una princesa rodeada de sapos. Lorenzo Lucas, en lugar de conservar el frasco de las esencias del arte de Talía y de Melpómene –algún día le tendría que contar a Natalia esa historia–, aplaudió: «Me parece muy bien. ¡Para lo que se cobra aquí!» Y tendió el pañuelo a su *partenaire* para que se secara las lágrimas y los mocos que le borboteaban en la nariz. Natalia, entre flemas y humedades, se mostró heroica: «Pase lo que pase, voy a acabar esta función. No os preocupéis. ¡Aunque me quede sin fuerzas sobrehumanas, nunca os dejaría tirados!» Álex se lamentó en voz baja de la actitud positiva de la minúscula actriz y de que el programa de telerrealidad para el que iba a hacer el *casting* no consistiera en encerrarse en una casa durante un número indefinido de meses. O para siempre jamás. Como en los cuentos de hadas con perdices y final feliz.

Lorenzo Lucas y Natalia de Miguel hicieron un gran mutis. Él le puso a la joven su abrigo sobre los hombros amagando el gesto protector de esconderla entre los pliegues de su cuerpo. Ella, como si estuviese herida, se acurrucó dentro de él. Y salieron los dos de la escena con el paso acompasado y sonoro.

Cuando Lorenzo y Natalia abandonaron el ensayo, Valeria se ahogó en su propio mar de lágrimas. «¿Sabes, Valeria? No me gusta esta obra.» Se arrepintió de su desabrimiento. Incluso de los buenos consejos que creía haberle dado a Natalia a lo largo de los últimos meses. «No me gusta este papel.» Qué sabía ella lo que era bueno o malo. Sin embargo, la Valeria profesora desconfiaba de la utilidad de su instrucción: tal vez, sus consejos, su criterio, iban a llevar a su joven alumna por un camino que sólo le produciría duelos y quebrantos. Barquitas a la deriva de castigados sesos. Un camino erróneo desde los mandamientos de esa nueva ética publicitaria de la felicidad: lo que no causa placer debe ser extirpado de la existencia más pronto que tarde. «No me gusta Eva Harrington.» La Falcón se preguntaba dónde estaba el norte y el sur. Qué era el éxito y quién lo quería. Si el éxito era un espacio que compartir con los otros o una habitación muy privada. Cuál era el límite entre la satisfacción personal y el deseo de complacer. «Es una estúpida.» Valeria, sin dejar de llorar, pensaba que la habían engañado a lo largo de toda su vida y que ella no tenía derecho a engañar a Natalia, un ser de naturaleza feliz. A Valeria le habían mentido al hacerle creer que el éxito era la dignidad con la que uno desempeñaba su trabajo un día detrás de otro. La valentía de no darle a la gente lo que espera. La alegría por el trabajo bien hecho. Mentiras y más mentiras. El consuelo del pobre. La piedad que el tuerto se dispensa a sí mismo. La cataplasma para salvarse de la insatisfacción. Mentira y mentira. Lo importante era el foco. «A mí por nada del mundo me gustaría ocupar tu lugar.» Todo lo que quedaba más allá de las pelusas y de las miserias encerradas en el corazoncito de cada quien. En la caja donde se guardan las llaves y los secretos. Lo que importaba era la felicidad que uno nunca encontraba dentro de sus vísceras solitarias y caducas. Lo que importaba era el foco y el foco y el foco. Y el aplauso. Y el papel cuché. «Ni parecerme a ti», Valeria, que a fuerza de memorizar papeles había desarrollado un hipertrófico músculo de la memoria, no podía dejar de repetirse las palabras de Natalia de Miguel. Le hacían daño.

Pero ella seguía clavándose las tijeras de costura en la cara interna de los muslos. Reabriendo las heridas sin dejarlas cicatrizar, porque ¿quién sabía más de teatro?, ¿ella?, ¿o una de esas actrices a las que todo el mundo reconoce a través de la ventanilla de los taxis y que no rechazan nunca guiones o libretos que Valeria Falcón consideraría infames?, ¿qué derecho tenía ella para juzgar desde lo alto, para separar el trigo de la paja y diferenciar lo infame de lo sublime?, ¿acaso alguien manifiestamente infeliz podía dar consejos a los otros o tal vez sólo los más infelices, los que no podían borrarse la risa sardónica de la boca, los que tenían permanente cara de flato eran los guardianes de la lucidez? ¿Qué era la sabiduría y quién la conservaba, entre bolitas de naftalina, dentro de un baúl?

La cabeza de Valeria Falcón oscilaba entre la imagen de Natalia de Miguel y la de Ana Urrutia. De un lado hacia el otro, el péndulo de su imaginación no descansaba. Hasta que se detuvo en el escorzo de la vieja Urrutia en el asilo. Rumiando. Ronchando lo que le quedaba de sus propios dientes. Acariciando el brazo del sillón como si fuera la cabeza de la perrita Macoque. Desde que había acogido al animal, a Valeria le picaba todo el cuerpo. Aun así, se la metía en la cama por las noches. Ana Urrutia se lo agradecería si pudiera: las atenciones hacia la perrita Macoque simbolizaban el respeto hacia alguien a quien todo el mundo estaba dejando de respetar. Aunque quizá Natalia hacía bien cada vez que bajaba del sofá a la perrita para dejarla en el suelo. Quizá, como había declarado ese Lorenzo Lucas que cada día se parecía más a un viejo verde, Natalia había hecho bien yendo al *casting* de un *reality*. Valeria Falcón no sabía ya nada. Lo había olvidado todo.

Se descalzó. Se quitó la peluca. Lloró entre los brazos de Álex Grande sin compartir con él sus pensamientos. Al día

siguiente, cuando acompañara a Daniel Valls a la gala de los
Goya, tendría los ojos hinchados y las mejillas tumefactas.
Pero no podía contener un llanto que, ahora se daba cuenta, reprimía desde hacía mucho. Su forma de mirar y su
sentido crítico sólo servían para producir infelicidad en
quienes la rodeaban.

Y nadie, absolutamente nadie, tenía derecho a hacer de
Natalia de Miguel un ser infeliz.

JULITA LUJÁN, TROL DE JARDÍN

«¿Va usted bien, Ana? Mire que si no va bien, me lo dice
y yo paro. Ay qué felicidad tenerla a usted aquí entre nosotros. Cuando la vi, no me lo podía creer. Anda que no habré
ido yo a ver obras de teatro en las que usted trabajaba. Vamos
por aquí, que yo me conozco bien este jardincito. En el
teatro, usted siempre tan bien maquillada. Tan estirada y
tan digna. Con esa dicción. De las que ya no quedan, doña
Ana, de las que ya no quedan. Y, ahora, mire. Si es que no
somos nada. *Ubi sunt. Ubi sunt.* Si yo lo digo siempre: *Ubi
sunt. Ubi. Sunt.* Y *Quo Vadis. Quo vadis* que más valgas. En
fin, que yo he visto como un millón de obras suyas. Unas
mejores y otras peores. Porque la verdad es que hizo usted
algunas que no las entendía ni su madre. Ay qué dolor de
cabeza, madre mía. Pero yo iba siempre. No le sabría muy
bien decir por qué. Con mis amigas del círculo. Era como
si nos atrajese un imán. Aunque saliésemos del teatro con
cara de lerdas y nos pusiéramos a hablar de otra cosa porque
nadie se atrevía a meterle mano al asunto. Por si quedábamos
como imbéciles. Era lo más probable. Eso, Ana, yo creo que
hoy no pasaría. Saldríamos del teatro y, sin pamplinas ni
complejos, diríamos "Vaya mierda". Y sanseacabó. Vaya, se

le ha roto a Matías la punta del gorro. ¿Se puede usted creer que hay gente a la que no le gustan estos enanitos? Yo les pongo nombre. Me encantan. Animan el jardín y a mí me acompañan cuando salgo a pasear. Vamos a coger este sendero para llegar al árbol. Por aquí. Pero a lo que íbamos, doña Ana: no siempre sus obras me parecían una mierda, ¿eh? Siempre no. Otras veces hay que reconocer que estaba usted imperial. Y que se entendía todo. Y que se la oía desde la última fila porque lo que es ahora parece que los actores hablan bajo para que tengas que prestarles toda tu atención. El matiz. A mí me pone enferma el matiz y a los actores que no oigo me entran ganas de soltarles un guantazo. Zas. En toda la boca. Y ahora a ver si sigues susurrando, cara de mono. A un actor lo primero es oírle las palabras. Y luego pues ya veremos el matiz. Me da dolor de cabeza el matiz a mí. El caso es que yo he ido a tantas obras suyas, a tantas, a tantas, que casi se podría decir que le he pagado el piso. No, no exagero. Un riñón me he dejado yo en las taquillas. Y eso que no todo lo suyo me gustaba, Ana, también se lo tengo que decir. Tampoco me gustaba esa altanería suya. Como si fuera usted superior. Y aquí nadie es superior a nadie. Esto es una democracia. Y todos valemos lo mismo. Así que no sé yo a qué venían esas miradas displicentes. Y el tonito que se gastaba fuera de la escena. Parecía que estuviera usted todavía recitando el "no es verdad ángel de amor". Eso no, Ana, eso no. Porque el actor se debe a su público. Y el cliente siempre tiene la razón. Y a ustedes eso se les olvida. Y nadie ha nacido con una flor en el culo. Perdóneme que sea tan cruda, pero ahí, en ese punto es donde estamos ahora. Pues eso. Que ya no vale ir con la nariz levantada por ahí, así que vamos a coger este caminito que le digo yo y quizá cuando esté usted un poco mejorcita podríamos ir por el caminito que usted quiera. O montar una obra.

91

Que no se le van a caer a usted los anillos por hacer una obrita con nosotros, que tenemos muchísima experiencia como espectadores. Los enanos del jardín pueden ser los figurantes: Matías, Felipe, Bartolín, que está allí esperándonos al final de este caminito por el que nos vamos a meter ya. Ganas es lo que hay que tener para emprender cualquier aventura. Ahora se usan unos verbos mucho más bonitos que antes. Emprender. Emprender. Emprender. Emprender es una cuestión mercantil, ¿sabe, Ana? Cosas de barcos piratas o bucaneros de los mares del Sur. O corsarios. Ya mis hijos son muy mayores y no me acuerdo de si los piratas eran del Atlántico y los bucaneros del Pacífico y qué sé yo qué. Ahora estamos rodeados de piratas, bucaneros y hombres enmascarados. Qué aventura, Ana, qué aventura. Vamos a tomar este sendero de gravilla. Por aquí. Bucaneros, piratas, los mares del Sur. ¿Sabe, Ana? Yo tengo hijos y no como usted, que se ha jactado toda la vida de lo contrario. A los cuatro vientos, todo el día sacando las intimidades a la luz. Seca como grieta del desierto. Sin semillas ni flores que no fueran las que le adornaban el camerino. Anda que alardear de tal cosa. Qué desnaturalización. Usted siempre ha sido muy rara. Un cactus. Pero, como le decía, podríamos hacer por lo menos una lectura dramatizada. Algo. Es que este sitio está muy muerto, ¿sabe? Aquí sólo hay viejos y viejos que cuidan de viejos y a mí no me gustan nada los viejos. Lo que a nosotras nos vendría bien, nos daría años de vida, como si tomásemos mucha agua mineral, es estar con la juventud. Me horrorizan esos bailes de viejos que se ponen a restregar la cebolleta como si tuvieran quince años y aún no supieran de qué va el asunto. Pues anda que el asunto no es aburrido. Pun pun, pun pun. Listo. Ya. Pues anda que no es pesado el asuntito ni nada. Como para empezar ahora otra vez. Pues vaya pereza. La migraña me mata. A ver, espere usted un momento que me voy a masajear las sienes. Así, así, así. Vamos por aquí que está más liso... Lo que me da bastante asco es ver a esos señores mayores, que ya no deben de tener la próstata para muchas juergas, todo el día goteando, rezumaditos perdidos, esos señores mayores que se ponen a meter mano a las señoras de nuestra edad, doña Ana, que se nos acaricia y se nos amorata. Que cada cosa tiene su momento. No me diga usted que no. A mí no me rejuvenece hacer cosas de jóvenes. A mí lo que me rejuvenece es estar con los jóvenes. Llámeme usted vampira. Pero es mirar a un jovencito y parece que el color me vuelve a la cara. A un jovencito o a una jovencita: no se vaya a creer usted que hay algo sexual en el tema. Porque no. Yo he sido siempre una mujer muy heterosexual y déjeme que me ría, Ana, porque si mi padre me llega a oír decir algo de esto yo creo que me da una torta. Últimamente de lo que más me acuerdo es de las cosas que hacía cuando era pequeña. Pero me resisto. No quiero ser una vieja melancólica. No, no, no. Hay que estar al tanto del mundo en que uno vive. Por eso yo me apunté al curso de informática y estoy en las redes sociales. Me escribo e-mails con mis hijos. Me mandan fotos. Y, sin embargo, solita en la vida. Con los enanos y este dolor de cabeza que me va a matar. ¿Sabes, Annie? Yo me inscribo en los foros de opinión de los periódicos y allí digo lo que me da la gana. Me hago llamar Justicia Divina. Soy un trol. ¿A que tiene gracia? Los enanos estos no se han enterado de que me los puedo merendar en cualquier momento. No se ría, no se ría, que me da dolor de cabeza. Mírelos, con sus sonrientes caritas de cabrón –cartón– sin enterarse de que un trol transita por sus caminitos. Me quedo nueva cada vez que suelto mis exabruptos. Borregos, caras de culo, imbéciles, parásitos, ladillas. ¿Usted ha probado? Pajaritos fritos. Yo me pongo la máscara y les llamo lerdos, delincuentes, cabrones, chupasangres, malnacidos, hijos de la grandísima puta que los ha parido a todos, forúnculos, mariconazos, vampiros, soplagaitas, comemierdas. A todos se lo llamo. Sin distinguir raza, sexo, religión o ideología. Villadiego y San Quintín. Me quedo nueva. Aunque si mi padre me viese me lavaba la boca con jabón. Pero esta boca es mía. Por aquí. Y por aquí. No me haga fuerza para ir para allá, porque vamos a ir por aquí. Y punto. Que yo soy la que sé y me está empezando a entrar un dolor de cabeza que ni le cuento. Porque es que son todos iguales y no valen para nada y llevan chófer todos. Que es una cosa que a mí me parece inaudita. Chóferes. Seguro que a usted también la habrán llevado chóferes de aquí para allá. Como yo ahora mismo que soy su choferesa y usted tan feliz. Tan acostumbradita. Pues esto se va a acabar porque así no podemos seguir. Si hasta los comunistas tienen pisos. ¡En propiedad! En mi casa siempre fuimos gente de derechas, pero ahora ya no sé ni lo que soy, tal vez, ahora, aquí, soy más de izquierdas. Como se enterase mi padre, se volvía a morir. Robespierre. Pancho Villa. El ruso Lenin. Soy un trol. Veo guillotinas. Me confundo y, de pronto, todo es luz. Cosas claras y chocolates espesos. Si los políticos no cobraran, no se dedicarían a la política sólo los ricos. Qué va, Ana, Anita, que no te enteras de nada, que estás más muda y más sosa que los enanos, tonta del haba. No. Sólo se dedicarían a la política los que tuvieran auténtica vocación de servicio. Vocación de servicio. Vo-ca-ción-de-ser-vi-cio. Hay que decirlo muy despacito. Que la vocación es una palabra que se está perdiendo muy mal perdida. Que las vocaciones no se pueden pagar porque son llamadas que vienen del cielo y bastante suerte tiene uno de que lo llamen como para encima querer andar cobrando. Y robando y rapiñando y mirando a los demás por encima del hombro y haciendo todo para el pueblo pero sin el pueblo. Pues no puede ser. Los políticos como todo el mundo. Al paro. A hacer cola. A joderse. Como tú misma, Anita, no me digas que no. Que tú también fuiste llamada e incluso elegida, y ahora no entiendo yo por qué estás en la indigencia después de una vida de lujo y de boato y de mesitas reservadas y de viajes al extranjero cuando aquí no salía al extranjero ni Cristo bendito. *Ubi sunt*, leche. Que lo he leído yo en las revistas. La espesa, te llamaban a ti. Sería por sucia. Por folladora y por viciosa. Eso sí, con una declamación que parecía que andabas diciendo las declinaciones latinas. El rosa y el rosae y el rose. Con la lengüecilla vibrando en las protuberancias del paladar. Justo antes de los dientes, Ana Urrutia. Para morder y morrrderrrr. Pues ahora a joderse, como todo el mundo. Es que te miro y se me pone así un clavo en mitad de la cabeza que ganas me dan de soltarte una hostia. Mucha contestación y mucha rebeldía y mucha cosa, pero aquí todos chupando del bote. Como sanguijuelas. Y para hacer obritas que no entiende nadie. Pues no. Aquí todos iguales y no hay más cáscaras y, si te digo que vamos a ir por aquí, es que vamos a ir por aquí. Todos los troles padecen el síndrome de Tourette. Lo leí en internet. El Tourette. Coprolalia de los troles. Bendita coprolalia. ¿A que tú no sabes, Espesita, qué es la coprolalia? Es caca, culo, pedo, pis. Mira cómo se echan los enanitos las manos a la cabeza. ¿Ves? ¡Cínicos y mamones, los enanitos! Pues no. El Tourette no es un síndrome. No sale de dentro. Es otra rabia. Nos vienen de fuera los clavos y serruchos que nos taladran el cráneo. CRRRRRRRRRRRRRRR. Que ya me está cabreando a mí la señorita Espesita. Que yo no tengo todo el día para pasearla de aquí para allá. Que yo también soy doña, doña Julita Luján, y no miro a nadie de esa forma por muy Luján que sea. Vieja, chocha, payasa. Y ahora te dejo aquí mismo, al lado del enano para que te haga compañía porque lo que es tú a él, pobre criatura...»

Julita Luján dejó abandonada a Ana Urrutia detrás de un seto de boj. Al relente. La Urrutia, que con la cabeza vencida hacia su hombro derecho había parecido asentir a las palabras de su compañera cada vez que las ruedas de la silla superaban uno de los baches del jardín, la miraba ahora desde abajo, dejando casi en blanco los ojos, con la barbilla incrustada en el pecho y una baba más blanca y compacta que la nieve en las comisuras. A su lado un enano de escayola sonreía. Daba la impresión de que, de un momento a otro, a la vieja actriz la mandíbula se le iba a desenroscar del resto de la cara.

Ana Urrutia nunca había pensado que el infierno sería de esa manera.

Quería hablar, pero no le salían las palabras.

SE LAVA LA CARITA CON AGUA Y CON JABÓN

Mientras posaban a la entrada del auditorio donde se iba a celebrar aquel año la gala de los premios Goya, Valeria Falcón le habría clavado un puñal por la espalda a Daniel Valls. Ambos estaban sonrientes: él, elegantísimo, de esmoquin y con atrevida camisa lila; ella, casi apoyada en él, con su sedoso vestido verde agua de escote profundo por delante y por detrás. Se había recogido la cabellera, color ala de cuervo –gracias a la acción de un poderoso tinte absolutamente artificioso y químico–, en un moño grecorromano. Lucía un enorme anillo de jade en el índice de la mano derecha: el que hubiera querido incrustarle a Valls en la mandíbula.

Pero los fotógrafos no notaron la animadversión que Valeria almacenaba en su corazoncito y los periodistas comentaban asombrados la complicidad que seguía existiendo entre los dos amigos eternos. Al día siguiente, además de subrayar ese vínculo indestructible y hacer el relato de otros acontecimientos vergonzosos que tuvieron lugar a lo largo de la gala –alguien tiró un huevo podrido contra la pechera de Daniel, quien encajó el golpe con deportividad y sentido del humor como un auténtico *sportsman*–, también resaltaron en sus crónicas la antipatriótica perfección del matrimonio Valls-Saint-Clair –«Quién prefiere el foie pudiendo comer jabugo»– y el hermetismo de Valeria, que siempre había sido hostil con el asunto de airear sus relaciones sentimentales. Los eternos amigos posaban muy profesionalmente en una gala que escondía, a los ojos de espectadores ávidos de belleza y de materias fecales, el forúnculo bajo la tetilla izquierda de Daniel –le dolía mucho– y el color chocho mona de las bragas que Valeria se había puesto bajo el vestido prestado de alta costura. Cuadros para una exposición.

La ira carmesí de Valeria Falcón estaba escondida como sus ingles indómitamente peludas. La ira y el pelo, agazapados fuera de la escena, en la *ob-scena,* entre las bambalinas. Por mucho que Charlotte se hubiese estrujado las meninges, no habría podido concebir que a la valeriana soporífera su amigo eterno hoy, frente a los fotógrafos, le pareciese un ser repugnante, un satrapilla, un memo, un raído diente de leche guardado en el secreter, un sapo húmedo y gordo... Mientras la agarraba por la cintura para que los profesionales –clic, clic– les sacasen sus poses más favorecedoras, Valeria tenía la sensación de que la mano de Daniel se había convertido en una garra peluda que le estaba sacando los hilos de su vestido de seda. No encontraba la forma de contraer el cuerpo para separarse de la garra sin que los espectadores percibiesen su retracción y pudieran llegar a interpretar correctamente su lenguaje corporal. Daniel levantó la mano para saludar a un compañero que, despreciando el protocolo –o buscando cacho, su minuto de gloria y esplendor–, se acercó, abrazó al último ganador de la Copa Volpi y le dio dos besos a Valeria. Ella experimentó un alivio momentáneo: la mano de Valls se había separado de su cintura. Los tres actores se hicieron juntos una foto, una rapidita, mirando al centro, a la derecha y a la izquierda, Valeria digna pero dulce, Daniel gesticulando como un adolescente –«Da gusto estar en casa», dijo él, mientras ella pensaba: «Cretino»–. «Inconcebible», habría gritado la bróker filántropa si hubiera podido habitar los pensamientos de la valeriana soporífera. Mientras posaban, Valeria apretó su tacón contra la puntera del zapato de Valls. Sólo un fotógrafo inmortalizó aquella instantánea de oscuro significado. Después, Valeria languideció como flor, prendida del brazo de Valls –ojal–. Al menos con la mente se ausentó de allí mientras los fotógrafos seguían disparando sus flashes.

El enfado de Valeria había empezado cuando Daniel pasó a recogerla para ir al auditorio. Ella había sacado una copita de vino que Daniel aceptó. Después había traído a colación el asunto del que habían hablado por teléfono un par de veces: la posibilidad de que Daniel ayudase a Valeria a correr con los gastos de la residencia de Ana Urrutia, que por cierto habían aumentado desde que la vieja se había cogido un catarro que no iba a matarla pero que la había sumido en un mayor quebrantamiento. En las conversaciones telefónicas, él se había mostrado receptivo e incluso apuntó la idea de que podía permitirse pagar la cuota mensual sin necesidad de que Valeria, cuya situación económica era precaria, aportase ni un céntimo. Pero aquella tarde, mientras los dos se miraban endomingados frente a sus copas, las cosas habían cambiado un poco. Daniel se lo había pensado mejor: «Yo no hago caridad, Valeria.» Ante la mueca de incomprensión de su amiga –la expresividad de Valeria, sus recursos quinésicos eran sobresalientes: por eso se había hecho actriz–, el ganador de la Copa Volpi –que tampoco era manco para las grandes frases– trató de explicarse: «Lo mío es la acción política.» A Valeria Falcón le entró la risa floja: «¿Te estás riendo de mí?» «No.»

La eterna amiga de Daniel Valls conoció en ese instante la acepción precisa de la palabra «desconcierto». Miró con desconfianza a Daniel y volvió a reírse. Todo era una broma y Valls, un gran actor. Soltó el aire retenido en los pulmones: «Daniel, una cosa no quita la otra.» Valeria esperaba que su amigo finalizase la representación guiñándole un ojo: «¿A que soy bueno?» Pero no oyó nada. Silencio. Hasta que él formuló una pregunta: «¿Tú te crees que yo soy Angelina Jolie?» Valeria separó las manos, levantó las cejas, abrió la boca, empalideció. Ni Lillian Gish ni Mary Pickford lo hubiesen hecho de una manera tan conmovedora. «¿Qué?» Su amigo no estaba bromeando: «Yo no doy limosnas. Esas cosas las hace a escondidas mi mujer y, cuando me entero, me cabreo mucho.» Valeria empezó a notar cómo una madeja de bilis le iba creciendo en el estómago mientras recordaba los rasgos de la Saint-Clair: «Ella dice que lo hace para desgravar.» Daniel tomó otro sorbo de vino: «Y ese razonamiento ya me cabrea un poco menos.» El desconocido que tenía enfrente seguía diciéndole cosas que no comprendía: «¿Qué dices, Daniel?» El hombre dejó atrás las vicisitudes de su declaración de la renta: «Con cada uno de mis posicionamientos públicos yo me arriesgo: no voy a hacer nada que sirva para lavarme la carita con agua y con jabón.» Daniel, como los simios, se golpeó los pectorales: «No quiero que nadie me acuse de intentar parecer bueno.» Valeria cogió las manos de su amigo entre las suyas adoptando su tono más cómplice: «Pero es que nadie tiene por qué enterarse de si le pagas el asilo a Ana.» Daniel, en ese punto de su existencia moral, no concebía el valor de los actos privados. Ella le retiró un mechón de la frente: «No siempre hay un espejo, Daniel. Ni una cámara.» Entonces Daniel Valls se zafó de la caricia de Valeria, se apartó como si quisiese verla mejor y forzó ese guiño simpático que no había llegado en el momento oportuno: «Pero qué equivocada estás. Qué equivocada.» Daniel apuró el vino de su copa: «No soy un débil mental.» Valeria, pese a que intentaba no ver las cosas de esa forma, sintió como si su amigo estuviese controlando sus silencios entre respuesta y respuesta. Sintió que estaba actuando. Como Marlon Brando en *Un tranvía llamado Deseo*. El silencio, las respiraciones. Un, dos. Él se levantó: «Vámonos, se hace tarde.»

Un fotógrafo se acercó demasiado y Daniel dio un respingo que sacó a Valeria de su alelamiento. El ganador de la Copa Volpi estuvo a punto de proferir un insulto mientras miraba con aprensión al fotógrafo. Respiró por la nariz tres veces, se corrigió, dibujó una sonrisa –nunca una metáfora respondió tan fielmente a la realidad–: «Hey, tío, qué susto.» «¿Hey?», pensó Valeria. Daniel palmeó la espalda del fotógrafo y le concedió un primer plano mientras apuntaba a la cámara con el dedo índice. A Valeria el desasosiego de Daniel no le pasó desapercibido y se alegró de que, pese a su aparente desparpajo, su amigo eterno sufriese. Tenso, escamado, como un consumidor de cocaína. Aunque a Valls lo único que le gustaba era el vino y su tensión debía de proceder de otra parte. Hoy a Valeria esas tensiones le importaban un rábano. Ella, además de enfadada, estaba empezando a aburrirse. «Aquí, aquí, Daniel, mira aquí.» Si no hubiera estado enfadada, a Valeria Falcón le habría molestado el tuteo: «Puto democrático tuteo, aterrador y escandinavo.» Ni a su abuelo ni a su tía ningún fotógrafo se hubiese atrevido a tratarlos

100

de tú. Pero hoy le daba igual. Al día siguiente se repitió el pie de foto que acompañaba las imágenes de los dos amigos: «Como en los viejos tiempos.»

Los actores posaban adelantando un pie y los fotógrafos buscaban la mejor luz. Los curiosos –de mirada aviesa o idólatra o las dos cosas simultáneamente– se ponían de puntillas lanzando fotos con sus móviles desde el otro lado de un cordón que marcaba las distancias.

Nadie veía bien.

Tarántula

I

NATALIA DE MIGUEL EN EL PAÍS DE LAS MARAVILLAS

Después de soportar una cola de varias horas, Lorenzo y Natalia por fin franquearon los umbrales y arcos de seguridad de los estudios donde ella iba a hacer una prueba para formar parte del elenco de un *reality*. «¿Elenco?», preguntó Lorenzo Lucas con un escepticismo que parecía la joroba de un dromedario. «Sí, elenco», respondió Natalia vocalizando perfectamente cada sílaba. «Ahora los *realities* tienen elencos porque en realidad son *fakes* de *realities* y son una forma de darse a conocer.» Lorenzo se admiró de la perspicacia de su niña y puso cara de mono —ojos tapados, boca tapada, orejas tapadas— que no sabe hablar inglés. Ella se justificaba como si hablase con su papi. Entonces Lorenzo repetía: «¿Elenco?» No es que padeciera Alzheimer, sino que había cosas que le divertían muchísimo. Natalia añadió: «Y se gana mucha pasta.» El rubor de la joven despertaba la ternura del baqueteado actor de La Elipa: «No sé a lo que tú le llamarás mucha pasta, mi niña, pero la pasta es una razón tan buena como cualquier otra para decidirse a hacer algo.»

Lorenzo acompañaba a Natalia por curiosidad. Y por ella. Ella se dejaba. Acompañar. Incluso estaba dispuesta a dejarse hacer más cosas. Cuando Lorenzo estaba a su lado, Natalia vivía el espejismo de equivocarse menos que de costumbre. Se sentía halagada y se esforzaba en enfocar con otros ojos a su acompañante a ver si abandonaba sus impulsos onanistas, su *nosce te ipsum*, y le venían esas ganas de follar que empezaban a parecerle imprescindibles. Lorenzo conservaba cierta apostura matizada por la mala vida. Hombre atractivo. Bebedor. De los que a las mujeres les gusta redimir. Ave María. «Especialmente a las mujeres tontas del culo», le dijo Valeria a Natalia en un aparte en los días previos a su pelotera del ensayo. Pero Lucas, quien por otra parte no le caía tan mal a Valeria Falcón, no era cualquier mindundi: «La dignidad sólo se pierde cuando no se cobra.» A veces cuando Lorenzo lanzaba sus sentencias, a Natalia se le venía a la garganta, como un eructito, como el dinero que sale de la rendija del cajero automático, la palabra «Amén».

La pareja se sentó en una sala de espera llena de candidatos. Estaban en mitad del país de las maravillas: muchachas de pelo rosa y tetas de cucurucho de castañas, enanos, cabezas rapadas y brillantes, chupas con tachuelas, *piercings*, cantantes que hacían gorgoritos de baladista bostoniana, un conejo blanco vestido con traje de tweed, labios inflados con inflador de colchoneta, chinos guapos, zapatos limpios, adolescentes con pelusilla en el bigote y mujeres barbudas que, de pronto, se devaluaron porque una mujer con barba ganó el festival de Eurovisión, el sombrerero loco que adora el té de Ceilán, bailarinas de ballet, hombres con el torso depilado y camiseta de rejilla, tragadores de fuego, muelas de oro e incisivos enjoyados con esmeraldas de las que salen en las máquinas de bolas, brazos con tatuajes de ideogramas, niños prodigio que cantan, que bailan, que dan consejos a familias en crisis, que preparan *esferificaciones* de patata y raviolis de gamba, la reina de corazones, parada de los monstruos y Natalia de Miguel, mareada, confusa, a punto de levantarse y salir corriendo. Tal vez estaba esperando que Lorenzo Lucas le volviese a decir: «Esto no es obligatorio, mi niña.» Pero él, señalando con la vista ese mundo artificial que, como el moho en la piel de los limones, proliferaba a su alrededor, sólo dijo: «¿Tú crees que esto es nuevo?» Natalia levantó los hombros. «Todo esto es más viejo que la tana, mi niña.»

Entonces, se abrió una puerta. Un secretario muy afeminado –eso le pareció a Lorenzo Lucas, un auténtico tiarrón, que toleraba mal la ambigüedad, las sirenitas y a David Bowie– pronunció el nombre y los dos apellidos de Natalia: «¿Natalia de Miguel Matute?, ¿Natalia de Miguel Matute?» Ella le apretó la mano, se levantó y se encaminó hacia el secretario homosexual –«Maricón perdido», rumió Lorenzo con cara de sátiro–. Candidata y secretario desaparecieron detrás de la puerta que se acababa de abrir. Cuando la cerraron tras ellos, la puerta se hizo chiquitita y Lorenzo Lucas juraría que, en cuestión de segundos, había desaparecido.

Escarbó en sus recuerdos para matar el tiempo. Volvió a ese periodo en que él, como hoy esta niña, también padecía la enfermedad de sus veinte años: «Tenía veinte años. No dejaré que nadie diga que es la edad más bella de la vida.» Entonces. Como Paul Nizan en *Aden Arabia*. Lorenzo, una combinación de macarra y hombre leído, volvió a la época de su vida en que se lo creía todo y pensaba ingenuamente que sus fuerzas carecían de límites. Que cualquier triunfo resultaba del ejercicio de la persistencia y la voluntad. De la férrea vocación que acompaña al talento verdadero: una parte de ese talento se llama fortaleza. La fortaleza y el talento no son cosas separadas. No se relacionan a través de la antinomia, sino que la una forma parte del otro. «¿Lo entiendes, Natalí?» «Sí, sí, sí», replicaba ella relacionando las enseñanzas de su nuevo prescriptor con los textos filosóficos que le había pasado, como si fuesen morfina o estupefacientes –«Sustancias», dirían ahora en los programas de cotilleo–, su amiga Verónica Soler.

A los veinte años, en las clases de expresión corporal, también Lorenzo Lucas, ataviado con mallas negras, creía que su cuerpo había adoptado la forma de un águila que batía sus alas sobrevolando campos, cerros y caminitos verdes. Ojo avizor. A la caza del ratoncillo o del cordero lechal. Lorenzo batía las alas delante de los espejos del gimnasio creyéndose llamado y elegido. Una voz, como aire, vibraba contra las cuerdas de su tímpano y producía música de arpa o de flauta dulce. Le susurraba. «Se puede ser un payaso...» Pausa. «... Y a la vez ser muy hombre.» Pausa. «Píntate la cara, píntate la cara, píntate la cara.» Pausa. «No hay actor pequeño, sino papeles grandes.» Silencio. «No hay papeles grandes, sino actores pequeños.» Carraspeo. «No hay actores grandes, sino pequeños papeles.» Tos. «¡Haz mimo en la calle! ¡Haz mimo en la calle!»... Hizo mimo en la calle y colaboró con esos artistas entusiastas que utilizaban el teatro como instrumento educativo y herramienta de concienciación política. Trabajó gratis en los barrios obreros porque admiraba a aquellos actores que estrechaban el nudo entre cultura y pedagogía. Adolfo Villaseca, alias Fito, y su mujer, Mariana Galán, alias Mari, en su pisito de cincuenta metros de Carabanchel bajo, hacían planes para estrenar obras prohibidas de autores que levantaban suspicacias en los responsables de cultura del Régimen. Natalia no tenía ni idea de lo que era el Régimen. Alpiste para bajar el colesterol. No comer fresas de noche para evitar transformarse en monstruo, en mujer celulítica, retenedora de líquidos que acumula transparentes bolsas de agua en las cartucheras. Lorenzo se acuerda de Mariana, de pie en la cocina, hablando de la vigencia de Ibsen —«Diga lo que diga el tarado de Strindberg, ¿tú has leído a Strindberg, Lorencito? ¡Pues ni se te ocurra!», apostillaba Adolfo— mientras lavaba hojas de acelga o batía un huevo para empanar unas pechugas. Allí, en el pisito, hasta las tantas. Siempre rodeados de muchísima gente. Con muchísimos proyectos. A la cuarta pregunta.

Eran los años en que a Lorenzo no le avergonzaba ser un saltimbanqui. Mientras *saltimbanqueaba*, picaba flores: Larissa, Montse, Aurorita, Rita, Sofi, Soledad... Y Ana Urrutia, que entonces ya debía de haber cumplido los cincuenta. Lorenzo creyó que se acostaba con la gran dama del teatro por fascinación. Lo más probable es que no le quedase otro remedio y que, en el ingenuo ejercicio de su libertad, no tuviese escapatoria. Desde la perspectiva actual, le gustaba verse así: como un muchacho, un conejillo acorralado contra la pared de la cocina que está a punto de ser desnucado por la cocinera. «Pobre chaval», decía Lorenzo recordándose de joven. A lo mejor ahora a Natalia le ocurriría lo mismo con él. Esa posibilidad no le generaba ni un poquito de mala conciencia a un caballero que, al evocar sus amores con la Urrutia, cruzaba por detrás el corazón sobre el índice: «Lagarto, lagarto», «Haberlas, haylas».

Ana Urrutia, eficiente Mae West, lanzó su lengua de serpiente contra la campanilla del Cary Grant —¿o era Gary Cooper?— de turno y Lorenzo Lucas sufrió otra de esas epifanías que le llegaban como ataques epilépticos: demolió el tópico de la felicidad de estar en brazos de la mujer madura, de la destreza de esa hembra experimentada y arrulladora que ronronea mientras instruye a un varón bisoño e impaciente. «¿Gallina vieja hace buen caldo?» Demasiado grasiento, hueso sin chicha, pellejo, blandura triste y gravita-

111

toria, babosas suavidades. Lorenzo Lucas se preguntaba por qué nos quieren convencer de mentiras que hacen de nosotros seres patéticos: viejas arregladas con aderezos de adolescente, efebos que conservan su virginidad para un cuerpo sostenido por las prótesis. Lorenzo preveía darle rigurosas instrucciones a su hijita: «Fóllatelo todo a los diecisiete, mi amor. Y nunca, nunca, te pongas en la situación de darle asco a nadie.» Después haría una pausa dramática para añadir: «¿Me has entendido, princesa?» Su Leire le respondería: «Sí, papá. ¡Soy tan feliz!», mientras una sonrisa le estiraba las comisuras de la boca por la que empezaba a escurrir un casi imperceptible hilillo sanguinolento. El amor de padre de Lorenzo Lucas no había podido olvidar que Ana se comportaba como una mala bestia y, más que proporcionarle placer, le hacía muchísimo daño, aunque él ya hubiera sido operado de fimosis de chiquitín. Le hacía daño en el prepucio, pero también en el escroto. «Qué burra.» Y su olor no era bueno. El joven Lucas llegó incluso a cogerle manía a encamarse con una mujer. Prevención. Escozor. Ladillas. Avidez. Prisa. Mordisco. Restregón. Sequedad. Baba. Aburrimiento. Repetición. Mecano-tubo. Uno del derecho y otro del revés. Oscuro aliento de la noche. Hemorroide. Muerte.

Mientras lo desasnaba escribiendo la primera línea de su repertorio de desencantos, la espesa Urrutia se lo comió crudo. Le quitó la tontería de golpe. Lo condujo por bares donde Lorenzo conoció, sobre todo, a gente retorcida y cínica; el teatro no era misticismo por mucho que otro se metiera dentro de tu cuerpo y tú anduvieses buscándole entre la fronda, la flor y la espesura: «Dejémonos ya del cuento de los orígenes, coño, ni villancico, ni niño Jesús, ni Elche y el *misteri*, ni hostias...», bramaba la Urrutia cuando el whisky le calentaba el morro. En el teatro no se comul-

gaba ni con Dios padre ni con el público; no era esquizofrenia ni casa de locos ni herramienta –hoz, martillo, des-
tornillador, alcayata– para transformar la realidad. El teatro
eran los empresarios, la taquilla y escribir «por el arte que
inventaron / los que el vulgar aplauso pretendieron, / porque,
como las paga el vulgo, es justo / hablarle en necio para
darle gusto». Ana Urrutia recitaba los versos de Lope a dúo
con el peor de los hombres. El más egoísta y soberbio. Al
que todos los parroquianos noctámbulos, conocedores de
su mal carácter, temían molestar. El innombrable. Otra vez,
Lorenzo cruzaba los dedos a escondidas: «Lagarto, lagarto.»
Después, adivinando en el claroscuro de los clubes la silueta de Ana y de su amigo, concluía su razonamiento: «Dios
los cría...»
   El teatro era lo chabacano, lo superficial, lo soez. «¿Tú
sabes lo que es la farándula, nene?», le preguntaba Ana
Urrutia con sus ojos felinos anubarrados por el humo, tur-
bios de ginebra o whisky. «¿Lo sabes, eh?» Lorenzo prefería
que Ana rematase su juego de palabras por sí sola: «La farándula. La farándula es la síntesis de faralaes y tarántula.»
La espesa hablaba como la mejor alumna de un colegio de
monjas que responde mecánica y disciplinadamente al in-
terrogatorio de la madre superiora. Luego, venían la pedo-
rreta y la carcajada: «No te olvides, nene. Faralaes y tarántula. Ahí estamos.» Golpe en la mesa de madera con el
borde de una durísima uña pintada de color coral: la misma
uña con la que la Urrutia después desgarraría los huecos
intercostales y los agujeros de la nariz del joven Lorenzo
Lucas. «¿O eras Lucas Lorenzo?», le preguntaba la mujer con
su lengua de crótalo después de haber hecho de él lo que
había querido.
   Desde que frecuentaba a la espesa Ana, Lorenzo Lucas
empezó a contar entre los galanes. De repente, el actor bi-

113

soño experimentó otra de sus epifanías. Una que no le gustó nada: todo lo que había despreciado durante mucho tiempo ahora no le parecía mal. Vio cómo se hacía tolerante con actores que aceptaban papeles ridículos o que trabajaban con directores de poco talento. Vio que ya no le parecía pecaminoso montar espectáculos entretenidos que no nacieran de la vocación de hacer pensar al público. Vio que el teatro burgués no era absolutamente repugnante y entendió la dignidad que implicaba colocarse una estola de visón sobre las clavículas para asistir a un estreno. Llevar binoculares. Vestirse de domingo. Comprar una entrada de palco para exhibirse en la pequeña capital de provincias. Lorenzo Lucas comprobó que el nuevo tamaño de su manga –ancha– era la consecuencia de la posición que empezaba a ocupar en el mundillo teatral. Su benevolencia hacia los otros era benevolencia –incluso complacencia– hacia sí mismo. Y se dio un asco terrible que aún conservaba enquistado en algún lugar de su anatomía. No quiso ir a mirarse en los ojos de Adolfo o de Mari, que en su pisito de Carabanchel seguiría memorizando el papel de Nora mientras redondeaba croquetas de pollo. Porque ellos sabían muy bien de qué iba todo este tinglado. Lo que era la supervivencia. Ni Adolfo ni Mariana le habían hecho jamás ningún reproche y, cuando aún se los encontraba en algún estreno, siempre lo trataban con cordialidad. Incluso con cariño. Lorenzo quería muchísimo a Fito y a Mari. De la Urrutia nunca quiso saber nada más. Ni siquiera en las circunstancias actuales, la Falcón, admirable conservadora de las santas esencias, taxidermista y catedrática del verdadero teatro –léase en letras mayúsculas–, depurada discípula de la espesa, que no podía ni imaginar el nivel de depravación intelectual y física de su sacrosanta mentora –pobre, pobre mujer, Valeria Falcón–, se había atrevido a mencionársela.

114

En la sala de espera del canal de televisión en el que Natalia de Miguel estaba superando con éxito un *casting*, Lorenzo tragó saliva y cabeceó como si acabase de engullir una cucharada de petróleo. De sus labios salió una onomatopeya de disgusto. Por un instante, se convirtió en el centro de atención de los niños cabezones, las mujeres tetudas y los muchachos que declamaban parlamentos, hostiles a su inteligencia, sin cerrar la boca.

Cuando Natalia volvió a salir mágicamente por la misma puerta por la que había entrado, caminaba sobre un colchón de plumas de ganso y oca, y ya formaba parte del elenco. «Soy la princesa», le dijo a Lorenzo, que pudo visualizarla con miriñaque en medio de un bosque rodeada de flores y de pajaritos que le sujetaban la cola del vestido.

Menos mal que aún quedaban motivos para la felicidad.

AUNQUE LO PINTES DE ROSA

Álex Grande había leído un texto escrito por George Clooney donde el actor hacía hincapié en un pensamiento que, en fin, por muy generosos que nos pongamos o por muy benevolentes que queramos ser, porque admiramos a George más que nada por su gesto pícaro y por su capacidad para afearse en las películas, un pensamiento que, digámoslo sin tapujos, no se caracterizaba por ser especialmente original. Escribía George Clooney —es una paráfrasis—: los grandes hombres se muestran verdaderamente como tales en las situaciones difíciles; en esos momentos terribles de la Historia en que quizá uno renuncia a comer para alimentar a unos desamparados huérfanos o acaba en el potro de tortura por no delatar a una vecina que efectivamente es bruja. Eso venía a decir George, que mostraba su propio valor, igual que la Jolie, preparándose la mochila para viajar ni corto ni perezoso hacia Sudán del Sur o lubrificándose las muñecas antes de salir de casa porque sabía que hoy le iban a esposar a las puertas del congreso. «Payaso», pensaba Álex, que aquel día no tenía el cuerpo para heroicidades ni para primeros planos. Estaba en el teatro aguardando la llegada de Eusebio, el eléctrico, el iluminador, el Storaro, el Almendros o el Alcaine de su *Eva al desnudo*, y a Alfonso Alfaro, responsable de sonido. Tenía un recado que transmitirles de parte de otros y debía transmitirlo como si el recado fuera suyo. Álex, Eusebio y Alfonso tenían que hablar. Y Álex Grande no quería anticiparse a ese momento y prefería entretenerse con otras cosas. No lo conseguía del todo.

Imaginaba que, cuando George Clooney escribió esa sentencia tan manida y publicitaria –«Comprensible hasta para los más bobos» era la definición de Grande para el término «publicitario», pese a que ahora hacían anuncios que no entendían ni los doctores en Literatura por la Universidad de Princeton–, estaría rememorando momentos culminantes de la Historia de la humanidad. Un, dos, tres, responda otra vez: el desembarco de Normandía, el cerco de Saladino a Jerusalén, la toma de la Bastilla... O cualquier otro hito espectacular rodado por Griffith, Spielberg o incluso Ridley Scott. George Clooney, un tipo inteligente y muy demócrata, en su libro aludía a la época del senador McCarthy, un periodo negro que no nos habían contado aún con suficiente exhaustividad, objetividad, rigor, complejidad o compromiso en las películas. «No, aún no se ha contado lo suficiente: lo digo muy en serio», reflexionaba Grande. Clooney ponía en valor el coraje de esas gentes del espectáculo que resplandecieron frente a otros a los que por chivatos, por cobardes, por fascistas y por hijos de puta –«Para qué andarse con eufemismos», se justificó Álex por lo soez de su vocabulario–, de golpe, el glamour se les deshizo en una lluvia de purpurina, confeti y *eau de cheeseburger*. Incluso cuando lo llamaba «Payaso» y con ese apelativo constataba que no tenía un buen día, Álex valoraba el hecho de que George escribiera y dirigiera películas y no se conformase con ser un cara guapa que lucía bien la pajarita y el esmoquin en el *photocall*. A Álex se le vino Lorenzo Lucas a la cabeza: «Si ése hubiera nacido en New Jersey otro gallo le habría cantado...» Frente a la patulea de oligofrénicos con los que Grande había tenido que lidiar en su profesión, Lorenzo Lucas era otra cosita, aunque ahora estaba irreconocible ejerciendo de sapo verde y rijoso de una princesa lela. Álex lo veía todo negro y eso era algo que hoy no se podía permitir. Tan mal estaba que incluso recordó las palabras de Orson Welles: «Lo malo de la izquierda americana es que traicionó para salvar sus piscinas. Somos pocos quienes no hemos traicionado nuestra postura, los que no hemos dado nombres de otras personas.» Salvar sus piscinas, salvar sus mansiones, salvar un piso en la plaza de los Vosgos. Pero el caso de Álex y del resto de los miembros de la compañía reducía el miedo a la defensa de lo minúsculo: el pisito de cincuenta metros, la cesta de la compra, quién sabe si una semana de vacaciones en la playa. Le entró la duda sobre si el miedo a cambiar se agrandaba o se achicaba en proporción al tamaño de lo que se pudiera perder. Álex miró su reloj, Alfonso Alfaro y Eusebio debían de estar a punto de llegar. Se le agrió en la boca la leche del desayuno. «Y eso que la compro sin lactosa.»

A Álex George Clooney le parecía un personaje controvertido y, desde luego, no estaba de acuerdo con el axioma del actor sobre las condiciones óptimas para hacer relumbrar la idiosincrasia del héroe. Álex proponía otro pensamiento que tampoco era particularmente original pero que acaso

117

sintonizaba mejor con el espíritu de la época. El pensamiento de Álex Grande aparecía ante los ojos del público después de que él hubiera pasado la palma abierta de la mano por delante de sus propios ojos como si mostrase el fabuloso cartel de una gran producción de Broadway –casi todos sus referentes estaban ahí, para qué nos vamos a engañar–. A saber: para Álex, los hombres verdaderamente grandes dejaban ver la magnitud de su grandeza en esos tiempos en los que no pasaba nada. En esos tiempos en los que era muy difícil adoptar un comportamiento épico o una norma de conducta capaz de romper con lo establecido. Ahí es donde a los hombres –«Por supuesto también las mujeres», matizó Grande entre las bambalinas de su corazón políticamente correcto y floridamente *polite*– les crece de pronto la mata de pelo en el pecho. La heroicidad habita en la *mediocritas*. En la grisalla. En las inercias. Álex se mordió la uña del meñique y encontró el quid de la cuestión: lo difícil es detectar cuándo los tiempos no son buenos. Cuándo la normalidad no es normal y existen razones para coger el caballo alado y cortar la cabeza de una Medusa siempre despeinada y muy necesitada de pasarse una lendrera. Razones para ponerse impertinente. Quizá es que los tiempos buenos no existen, son lugares quiméricos, y siempre hay que estar con el sable en alto.

Álex entendía al bueno de George cuando éste alababa la valentía de Kirk Douglas: el mítico protagonista de *Cautivos del mal*, obviando las presiones del macartismo, colocó a Dalton Trumbo –perseguido, juzgado, encarcelado– como guionista de *Espartaco* en los títulos de crédito de la película. Una decisión justa, simple e indiscutible que pudo haberle costado el pellejo y la carrera a Douglas, quien, además de encarnar al esclavo heroico, era el productor. Kirk Douglas, un hombre que no se significó demasiado desde un punto de vista político, se comportó con coraje, pero Álex seguía en sus trece: «Lo difícil no es ser un héroe en tiempos de guerra; lo difícil es ser un héroe en tiempos de paz.» Estiró su eslogan hasta hacerlo ridículo: «Salvar al gatito de la señora MacCalahan. Reciclar el vidrio. No engañar a la Hacienda Pública en la declaración de la renta.»

Todas estas reflexiones se las hacía porque no sabía ponerle nombre al papel que iba a interpretar en su conversación con Eusebio y Alfonso. El villano o el héroe en tiempos de paz. Álex tendría coraje para sacrificarse por él y por todos sus compañeros en el caso de que se produjera una invasión marciana, musulmana, norcoreana o de cualquier otra civilización demoníaca. Pero ser un héroe y desenmascararse en estos lánguidos tiempos de reverdecidas esperanzas ya era otro asunto.

Aquel día, a instancias del gestor municipal que les había proporcionado la sala para el estreno de la obra, había quedado con Eusebio y Alfonso para comunicarles que ni el ayuntamiento ni los responsables de la sala ni la compañía se podían hacer cargo de sus sueldos a lo largo de los ensayos y que, igual que los actores, tendrían que cobrar en función de lo que se obtuviese en la taquilla. Si es que se obtenía algo. Cuando se obtuviera algo. Si es que la obra llegaba a estrenarse pese a las reiteradas ausencias de la princesita. Condicionales, hipótesis, imposibilidades, subjuntivos con valor de futuro poco probable. Aquí quería ver Álex Grande a George Clooney, a Kirk Douglas y al mismísimo Espartaco. Quería verlos delante del mutismo de Eusebio y de la ira gesticulante de Alfonso Alfaro. A Álex lo que le salía del alma era llamar a la desobediencia y a la insurrección. «Oligofrénicos, payasos, hijos de puta.» Coger el coche y presentarse en el piso del gestor municipal, del concejal de cultura y del ministro del ramo y plantarse. Y, si la negociación fallaba, empuñar el subfusil o la metralleta y montar allí mismo la de Dios es Cristo. Pero a la vez a Álex le habían inoculado lentamente la idea de que ese acto que a él le nacía de dentro ni era heroico ni era práctico. Era violencia y vandalismo. El verdadero héroe contemporáneo debía ser un maestro en templar gaitas. Solucionar los problemas. Abordar las cuestiones desde todos los puntos de vista, a fin de que los proyectos se llevaran a cabo incluso en las condiciones más adversas. Con ilusión. El héroe contemporáneo era un *coach* que superaba obstáculos y penalidades. «Y eso es lo que vamos a hacer, chicos. Contamos con vuestra colaboración. Sabemos que sois los mejores y sólo os pedimos un poco de paciencia para recoger los frutos de un espectáculo que estamos seguros de que será un éxito.» A Álex Grande le temblaban las canillas. Alfonso Alfaro se mordió la lengua para no insultarlo: el director se lo notó en la manera de torcer la boca y en un color encenagado que le enturbiaba el iris. Tampoco Eusebio dijo nada, pero su silencio se ponía claramente del lado de Alfonso.

Álex bajó la cabeza y les dijo que les hablaba con la mano en el corazón, que las cosas estaban así, ahora, en todas partes. No había otra posibilidad. Que lo sentía mucho, pero que cuando la obra se estrenara Eusebio y Alfonso estarían orgullosos de haber participado en ella. Porque los dos habían sido siempre auténticos hombres de teatro y sabían de las penalidades históricas de cómicos que se dejan la suela de la alpargata contra la gravilla del camino. Álex atendía a su propia verborragia y, a ratos, se escuchaba como la voz en off de un serial radiofónico y, a ratos, como la letra pequeña de un documento oficial. Él sólo era el director de un montaje en el que no tenía puesta absolutamente ninguna esperanza, sobre todo desde que la princesita sólo iba a ensayar cuando le dejaba un huequito su papel en el *real-*

ity. «Lo hacemos porque no hay nada. Porque es mejor esto que quedarse mano sobre mano. Pero es una mierda, Álex. Aunque lo pintes de rosa, todo es un auténtica mierda.» Eusebio, el eléctrico, el iluminador, el Von Stroheim del escenario, había hablado mucho más que de costumbre. Y había subrayado sus últimas palabras: «Lo que oyes, Álex, aunque lo pintes de rosa...»

La señora de la limpieza se había dejado una revista del corazón sobre una de las butacas. George Clooney posaba sonriente con su luchadora libre, la bella, maternal y musculada Stacy, aunque pronto, muy pronto, el actor la dejaría para contraer matrimonio con la mujer que de verdad encajaba con su personalidad contestataria y filantrópica, con la que decía a las claras el tipo de hombre que realmente era George: la guapísima abogada libanesa, especialista en Derechos Humanos, Amal Alamuddin. Álex hojeó la revista mientras escuchaba los pasos de Alfonso y de Eusebio que alcanzaban el vestíbulo del teatro y la puerta de salida. El reportaje fotográfico de George, colgado del abrillantado bíceps de Stacy, había sido vendido por una buena causa. La gente compraba galletas por una buena causa. Bebía refrescos por una buena causa. Corría maratones por una buena causa. Las buenas causas servían para vender un montón de cosas. Le dio un retortijón.

Álex no tuvo más remedio que pensar, aunque sólo fuera un minuto, que los mamporreros, los embalsamadores, las pajilleras, los empresarios de las industrias farmacéuticas del placebo y del cura sana culito de rana, los escritores de los libros de autoayuda, los emprendedores, los que cantan «no, no hay que llorar que la vida es un carnaval», los negociadores, los sindicalistas que pactan con la patronal, los responsables de las oenegés y de toda la caridad cristiana del mundo, los educadores en valores, los que dicen buenos días en el ascensor, los que desayunan fibra y fruta, los que nunca ven la botella medio vacía, no eran los héroes de estos tiempos que, por lo visto, no los necesitaban.

LA CASA DEL ACTOR

«Desde hace tiempo, los precursores de la idea de "La Casa del Actor" compartimos un mismo sueño. El sueño del hogar. Bienvenidos a vuestra casa: LA CASA DEL ACTOR.

Nuestra Casa será un lugar abierto a la gran familia del mundo de las artes escénicas, un espacio para todos aquellos que día a día despiertan en el público emociones, sensaciones y para quienes, calladamente, trabajan entre bambalinas.

La Casa del Actor será un hogar y, al mismo tiempo, un espacio vivo para la cultura, donde jóvenes y mayores tendrán la oportunidad de compartir inquietudes, experiencias, sabiduría, enseñanzas, una convivencia intergeneracional que les enriquecerá mutuamente, ofreciendo a ambos la oportunidad de aprender y enseñar.

Los materiales que se han usado no son los corrientes, se está edificando sobre cimientos de arte, de pasión, cultura, tradición, esperanzas, nostalgia...

Centro de día, Residencia, Cafetería, locales de ensayo, nuestro propio Teatro, en definitiva, un hogar.

Evoquemos la magia del pasado, miremos a los ojos del futuro, y construyamos este sueño juntos.»

«¿El sueño del hogar?» Daniel Valls leía con la sorna de punta: «Es la casa, la casa, la casa del actoooor.» El alargamiento de la *o* final molestó a Valeria, que se había jurado a sí misma no enfadarse con su amigo y aplicar para el logro de sus fines una estrategia más eficaz que la de la última vez. No se trataba de reivindicar las bondades o las maldades de una anciana decrépita que había sido una maravillosa actriz, sino de enarbolar la bandera de los derechos de todo un colectivo. Sin embargo, la estampa de Ana Urrutia, sola en la sala de la televisión del asilo con el babero de la comida todavía puesto, era una imagen insoportable. «Por Dios, Valeria, ¿no escuchas violines llorones como música de fondo?» Daniel Valls, el nene que no dejaba de incordiar, acabaría llevándose un pescozón. Ella le quitó el papel de las manos: «No. No escucho violines: escucho la banda sonora de *El padrino.*» Valeria añadió una cosa más: «De hecho, llevo escuchando esa banda sonora desde hace ya más de diez años.» Entonces Valeria le explicó a Valls que esa colección de grandes palabras relacionada con los sueños, la nostalgia, el hogar, el arte y la pasión que, por cierto, ella había colaborado a redactar, había quedado reducida a una estructura de tres o cuatro plantas, inservible hito escultórico contemporáneo en una localidad madrileña. Ferralla y cemento. Grúas como columpios de un parque de atracciones para pobres. «Aquello iba a ser la Casa del Actor», diría la primera generación de niños que rondara la obra abandonada. Los de las generaciones siguientes, esos que a lo mejor volverían a jugar con palos y a tropezarse con la cabeza de la estatua de la libertad saliendo de la alcantarilla, ya ni mirarían el conjunto de vigas y hormigón. «No nos sirvió ni la prosopopeya ni el *merchandising* sentimental», Daniel cabeceó pensativo y Valeria pensó, a su vez, que cuando Daniel Valls cabeceaba pensativo parecía tonto. Se alejó voluntariamente de un pensamiento que no la favorecía y recogió el hilo de su argumentación: «Ya no hay subvenciones. Sólo recortes. Ya no hay ayudas. Esto no es algo distinto de tus inquietudes.» Valeria hizo una pausa: «Ni de los manifiestos que firmas, Daniel.» «Ni de los huevos que te tiran, querido», Valeria se mordió la lengua y esa última frase se le transformó en un cálculo en la vesícula biliar. Sería operada en 2020.

El Valls emigrante –tal vez a él le gustaba más verse como un exiliado– que ya había olvidado que la tortilla de patata se prepara con cebolla y el nombre en español de algunos objetos de uso cotidiano –*toallero, punto de lectura, espumadera, torniquete*– escuchó las explicaciones de Valeria. Ella insistió en que de nada había servido esgrimir como ositos de peluche los rostros entrañables de los grandes secundarios de la cinematografía española, simpáticos viejecitos soñadores, que en un momento u otro de su vida quedaron desprotegidos: los ojos tristísimos y pedigüeños de una Gracita Morales con la voz rota por el alcohol, el tabaco y quizá las felaciones; la cara rellena, siempre al borde de la histeria o la apoplejía, de la gesticulante Rafaela Aparicio. «Indigencia. Café para todos, Daniel.» Valeria estaba llevando dulcemente a Valls hacia un territorio donde el caso de Ana Urrutia fuese uno entre muchos. Recurrió a ese gran angular con el que Daniel creía medir las dimensiones del universo y la verdadera magnitud de la tragedia. Ahora Daniel necesitaba amplificar las cosas minúsculas, convertir los singulares en plurales, sintetizar las partes en un todo grande. «Ande o no ande», apostilló la Falcón para sí misma.

Los amigos, tras la discusión del día de la gala de los Goya, habían quedado para charlar después de uno de esos ensayos de *Eva al desnudo* que Valeria ya sólo podía calificar con el adjetivo de «grotesco». Repasó todas las escenas compartidas con Natalia de Miguel. «La princesita», como la llamaba Álex, que esa tarde había librado del *reality* y dedicó a la compañía todo su tiempo y sus mejores bajadas de pestañas. Mantecados o melosos copones de dulce de leche. Valeria se llevó al ensayo a la perrita Macoque porque le daba mucha pena dejarla solita en el piso. O quizá la llevó porque era ella quien quería dar un poco de lástima después de estar apiadándose de todo el mundo. Estas minúsculas punzaditas de maldad formaban parte de la idiosincrasia clemente de Valeria Falcón. Natalia de Miguel había hecho la maleta y se había ido a vivir con Lorenzo Lucas a su cuchitril de soltero. Pero aquella tarde, con Daniel, Valeria no necesitaba comentar este episodio, sin duda jugoso, sino justificar su dedicación a la causa de doña Ana más allá de los sentimentalismos. «Café para todos, Daniel», insistió Valeria. «Y ningún respeto por nuestra profesión.» Daniel habló: «¿Y nosotros, Valeria, la respetamos?» La figura de «la princesita» dándole la espalda mientras se alejaba por un sendero del bosque se dibujó en la imaginación de Valeria, que fingió no haber escuchado la pregunta de su amigo. Como si no le diera importancia. Como si la respuesta fuese «Por supuesto». Como si su amigo Valls algunas veces no tuviese la virtud –o el vicio, nunca se sabe– de poner el dedo en el centro de la herida. «Además, Valeria, desengáñate: siempre ha sido así.» Bufones, cómicos de la legua, azafatas de *Un, dos, tres*, actrices principales del tren de la bruja y de la casa del terror. Montones de muchachas que daban el do de pecho haciéndose pasar por Linda Blair en *El exorcista*.

El dulce corazón de amarilla vainilla maravilla de Valeria Falcón no había podido permanecer mucho tiempo en guerra contra Daniel Valls. Especialmente cuando, con su ira apaciguada, recordó la animadversión –el odio– hacia su amigo que había captado en la gala de los Goya. No había que ser ni fina ni penetrante. La percepción de Valeria, en este caso, no se relacionaba con su incomodísima habilidad para descubrir las vigas en el ojo propio y también en el ajeno. El odio era una bola de aire sahariano. Una masa de aire caliente que salía del extractor de una cocina. El mal ambiente se hizo realidad en ese huevo que salió de la ilusión del cine, de la imagen, de la acumulación de puntos luminosos y etéreos que se materializaron en una masa blanca y ovoide que, casi a cámara lenta o ralentí, reventó contra la pechera inmaculada del esmoquin de Daniel sin que él comprendiese qué estaba pasando. El huevo llegó directo al corazón. Dio en el blanco. Al principio, a Valeria se le escapó una sonrisilla que camufló detrás de su sortijón de jade: el huevazo le pareció un justo castigo a las estupideces y la mezquindad con que se estaba comportando Valls en el *affaire* Urrutia. Después miró a su alrededor y notó cómo sus propias espaldas, su nuca, la base de su cráneo se habían quedado desprotegidos. Una Valeria bélica vociferó: «Cuerpo a tierra.» «¡Todos al refugio antiaéreo!» Una Valeria de ciencia ficción formuló una pregunta: «¿Habéis construido un búnker en la casa?» Una Valeria romántica suplicó: «Por favor, no me hagas daño.» Una Valeria de western escupió las palabras: «Ni se os ocurra tocarme.»

Después del incidente, que fue censurado en la televisión gracias a ese par de minutos de retardo con que se emitía la gala, Valeria se fue sola a su piso y se puso a rumiar su nueva estrategia. Dejó a Daniel en una de esas fiestas que se celebran en clubes y azoteas de hoteles de un Madrid nocturno que, por efecto del gin tonic –con pepino, cardamomo, infusiones, pétalos de rosa... «Larios con tónica, por favor» era la dorada combinación, la proporción áurea, que seguía pidiendo Lorenzo Lucas alabando el poder desinfectante de la marca nacional– o de la iluminación, parecía un rostro joven que aún no se había afeado con la falta de firmeza, la arruga y las manchas cutáneas. La ciudad, satinada bajo la luz nocturna, era piel o pellejo debajo de una media transparente. Cirugía, urbanismo, mercería. Crema con tres efectos correctores. Pero lo que se percibe terso en la distancia, poco a poco, con el acercamiento o la sinceridad de unas gafas para la presbicia, se torna blando. Madrid, de noche, bajo el vapor etílico, no exhibía ninguna de esas máculas visibles bajo su luz velazqueña: la suciedad adherida al pavimento, los locales abandonados, el olor a zotal, los precintos, los talleres clandestinos de costura, los limosneros, la reja echada que ha dejado de chirriar, las colas de la sopa boba, los durmientes de intemperie, los restaurantes de los que sale mal olor, las cucarachas en el portal, los locales comerciales habitados por individuos a los que casi nunca se les ve la cara. La luz velazqueña era una cuchillada. «Tápame con la noche, amor, tápame toda.»

Valeria se marchó en un taxi con la sensación de que Daniel no entendía y, por eso, respingaba ante el menor roce. Le resultaba extraño que no le hubiera comentado los continuos ataques que sufría en internet incluso desde antes de haber firmado el manifiesto. Por mucho que su amigo alardease de su analfabetismo digital, le tendría que haber llegado alguna de esas noticias insultantes a las que él le habría quitado importancia. Como sin duda ya habría hecho con el asunto del huevo estampado, como proyectil mortal, contra su inmaculada pechera de ganador de la Copa Volpi. El Daniel Valls que Valeria conocía necesitaba exteriorizar sus dolores, para que se produjera el exorcismo. Quejarse. Reírse. Desgañitarse. Decir para olvidar. «¡Me duele un huevo!» «¡Tengo calor!» «No tengo ni una perra gorda.» «Estoy borracho.» «Ya lo veo, Daniel, ya lo veo», le decía Valeria. «La redundancia no te va a salvar de la vomitona, amigo.» El secreto para una naturaleza como la de Daniel siempre acababa degenerando en quiste. Valeria sospechaba que la mano negra y protectora de la Saint-Clair había urdido una mantita de ganchillo en torno al corpachón del esposo. Valls permanecía aletargado dentro de su bola de excrementos, pajitas y tierra como la larva subterránea del escarabajo pelotero. No podía calificar la actitud de Charlotte, pero la caída de Daniel, su toma de contacto con la realidad, iba a ser devastadora.

Por eso y por el carácter indeleble –*Unforgettable,* cantaba Natalie Cole– de la imagen de Ana Urrutia desvencijada entre los hierros de una silla de ruedas vieja, a los pocos días de la celebración de la gala Valeria telefoneó a su amigo otra vez. Daniel comenzó a hablar entre grandes risotadas: «Le he contado a la francesa lo del huevo. Le he dicho: *ma petite échalote...*», Valeria escuchaba la respiración –pesada, insalubre– de Daniel al otro lado de la línea sin interrumpirle: «... le he dicho: *ma petite échalote*, ¡me han rebozado como a una rodaja de merluza!». Daniel se estaba limpiando los chacras y la mala sangre. «¡Se ha puesto como una hidra! No sé cómo una chica tan educada puede perder los papeles de esa forma.» Le contó que Charlotte había llamado mierdero a todo el mundo y que había echado mano de la sabiduría popular para recordarle que nadie es profeta en su tierra y menos en España. «Todo eso me ha dicho. También me ha preguntado por la valeriana soporífera. Yo no entiendo cómo vosotras dos no os lleváis mejor...» De tanto reírse Daniel se atragantó. Mientras se recuperaba, Valeria siguió esperando. A veces encontraba un parecido, quizá intensificado por la férrea voluntad de Valls, entre este último y un Picasso con el espíritu un poco abatanado. Desteñido. De pronto, mientras él seguía gastándole bromas por teléfono, Valeria Falcón tuvo la certeza de que Daniel Valls nunca volvería a ganar ninguna otra Copa Volpi. Ningún otro premio. Nada. La voz de Júpiter tonante de Valls interrumpió el hilo de ese pensamiento que, más que un pensamiento, era una certeza y una premonición. Valeria tuvo que recomponerse para volver a reír con otro chiste en torno a los rebozados, las tortillas, el sexo, la envidia, la soberbia, la falta –o el exceso sardónico– de sentido del humor de Charlotte Saint-Clair.

La tarde del reencuentro ella sabía que la Valeria que hablaba de los compañeros en plural era la Valeria a la que Daniel admiraba. No la ñoña que cuidaba viejecitas y atravesaba el bosque con una jarrita de miel, no la Valeria piadosa, no la buena chica que de tan buena resultaba molesta, insoportable, y hacía desear la llegada de los chisposos maldicientes, sino la que no cejaba en sus empeños y proyectaba sobre el mundo una visión infrarroja capaz de detectar manchas subcutáneas y abominaciones venideras. La Valeria que podría comportarse como la peor de las víboras pero optaba por metamorfosearse en elefanta que apaga el incendio con el agua de su trompa. La que escuchaba *El padrino* como banda sonora del mundo y no se ponía tapones. La que no iba a confesarle a su amigo que, tal y como estaban las cosas, no se podía despreciar ningún gesto de ayuda hacia el otro. Un saquito de lentejas para el banco de alimentos. Una habitación en mi casa si la necesitas. La merienda de la hija de la portera. Un dinero para llegar a fin de mes. Aquella tarde Daniel estaba emotivo, pero, para evitar ponerse completamente sentimental, volvió a la página de entrada de la Casa del Actor, que leyó con amaneramiento: «Evoquemos la magia del pasado, miremos a los ojos del futuro, y construyamos este sueño juntos.» Valls clavó su pupila oscura en la oscura pupila de Valeria tomando a la vez las débiles manitas de la mujer entre las suyas. Las manitas de Valeria eran dos pajarines: «¿Lo construimos, Valeria?» Valeria, con la convicción de tener a Daniel en el bote, se hizo la modosa, como si interpretase a la Paquita de *El sí de las niñas,* uno de sus primeros papeles sobre las tablas.

Valeria no podía esperar lo que se le avecinaba. Lo que sus oídos iban a escuchar: «Yo no puedo hacer nada por La

Casa del Actor.» Ella insistió en que leyese un texto de una agencia de noticias en el que se constataba que el proyecto languidecía después de diecisiete años de esfuerzos, a causa de la pérdida de la subvención ministerial y de la falta de apoyo de una asociación de artistas. La fundación Casa del Actor incluso se estaba planteando devolver los terrenos al ayuntamiento que se los había cedido. Valeria casi perdió la compostura: «Lee, Daniel, lee.» Pero Daniel no necesitaba leer mucho más: «No puedo hacer nada por este proyecto, Valeria.» Cuando ella iba a replicar, Valls la interrumpió: «Pero a la Urrutia me la llevo a París.» Valeria abrió la boca. «A mi casa.» Valeria desconfiaba de la impulsividad de Daniel, pero no quería deshacer la magia de ese instante no tan imposible atendiendo a la circunstancia de que la vida de Daniel estaba bajo la influencia del signo de un carnero, un toro y un centauro. En perfecta triangulación: «¿Te parece eso caridad o compromiso?» Valeria callaba. «El que algo quiere, algo le cuesta, la letra con sangre entra, no soy un Poncio Pilatos ni pago para que me quiten los cadáveres de en medio y me dejen impoluta la tapicería.» A Valeria a veces se le escapaban los razonamientos de su amigo. «No me he portado bien», confesó el actor con tono de Nuevo Testamento. La buena mala conciencia de Daniel tenía a veces efectos tan deslumbrantes como imprevisibles: «Me la llevo a París.»

Valeria se sonrió evocando la silueta siempre elegante de la *petite échalote*.

LA TELEVISIÓN ENGORDA

«Eso es la televisión, amiguita, solamente pruebas...» El émulo de George Sanders aún no podía creerse el carácter premonitorio de las palabras con las que bromeaba durante los ensayos con Natalia de Miguel. La frase del crítico Addison DeWitt, el que detecta inmediatamente las carreras en la media y los dobleces psicológicos de Eve Harrington, había funcionado como un encantamiento. *Tatachán* y el conejito, la paloma, la liliputiense salen de la chistera gracias a unos polvos maravillosos situados junto al matarratas en los anaqueles de la droguería. Como un deseo que no se sabe que se tiene y, de pronto, se le pide al genio de la lámpara o a la pata de mono. Aunque Lorenzo Lucas dudaba de que se pudiera desear nada al margen de la consciencia. Él a lo largo de su vida había diferenciado sin grandes complicaciones todos los objetos de su deseo. Los cromos de su hermano, una bicicleta, la chica del quinto B, el Yago de *Otelo*, una casa a pie de playa como la del comisario Montalbano en la serie de televisión, un buen cochinillo y una copa larga de sobremesa, su mujer de casi toda la vida, el divorcio, Natalia de Miguel, un trabajo decente cuando en el anterior espectáculo hubiesen bajado el telón y cerrado la taquilla.

Por mucha niebla que cayera sobre las calles, Lorenzo Lucas medía al milímetro su nivel de abducción por los mensajes publicitarios: esa utopía de sedosidad extrema del cabello, de que todo huela a limpio o de que la halitosis y el pie de atleta desaparezcan para no volver jamás. Lo mismo que el ardor de estómago o la caries, los principios activos para combatir inflamaciones y enfermedades se solían representar antropomórficamente: bomberos con mangueras, karatecas, bailarines, ingenieros aeroespaciales... Entre todos los anuncios, Lorenzo prefería aquellos que contaban historias de familias, felices en sus imperfecciones o imperfectas en sus felicidades, con padres simpáticos y humanos, gracias a su coeficiente intelectual medio bajo y a su calidad de vida media alta, que transmiten a sus hijos media arroba de ese amor del bueno que les permitirá crecer sin traumas dentro de pisos o incluso de viviendas unifamiliares –adosadas o no– que siempre tienen un felpudo en la puerta. Familias que se pelean con maldad por un fuet, allá en la masía. Familias –«Vengafamilias», ironizaba DeWitt– que localizan a su perro perdido con su smartphone y contabilizan, también con su smartphone, sus pulsaciones cuando completan su tabla de ejercicios aeróbicos. Estampas fluorescentes de cosas de comer que siempre crujen o burbujean o rezuman y te llevarías a la boca inmediatamente logrando que Lorenzo Lucas en ocasiones manchase con sus dedazos la pantalla de plasma en la que estaba viendo un anuncio detrás de otro mientras esperaba que comenzase el *reality* de Natalia de Miguel. «Cómo me gustan los anuncios», ésa era una de las preferencias que nunca podría confesarle a nadie. Como tampoco podría revelar que el curso de su pensamiento estaba tan plagado de palabras en inglés que a veces tenía la impresión de que era *bilingual*.

Al émulo de George Sanders tampoco le convencía aquello de que hay que tener mucho cuidado con lo que se desea porque a lo mejor se cumple. Del mismo modo le parecían una solemne idiotez las declaraciones de Daniel Valls tras el número cómico del huevazo. «¿Estaría preparado?», le preguntó Natalia con los ojos muy abiertos mientras ambos veían la escena en el informativo de la noche de aquel día, porque aunque el incidente se había escamoteado en la gala para no deslucirla, sí había sido reproducido en los telediarios. Lorenzo, que era un televidente profesional desde que pasaba en paro largas temporadas, acarició la cabecita de su amor: «No, mi niña. Este huevazo es genuino. Éste es un torpe y además le tienen ganas.» A él nunca le habían invitado a la gala de los Goya. Entre sonrisas –«¿De qué se ríe ese cretino? Por Dios, ¡acaban de tirarle un huevo!»–, Valls sentó cátedra: «Hay que asumir que no se puede gustar a todo el mundo. Eso es crecer.» Addison Lucas mantenía que no se puede gustar a todo el mundo, pero que lo fundamental es saber a quién no le gustas exactamente. «Y no es un juego de palabras.» Lorenzo le daba lecciones a su compañera –le costaba mucho llamarla así– cuando, de madrugada, como dos bobos se sorprendían viendo reposiciones de programas viejos. Lo fundamental era ser lúcido respecto a las repercusiones de no gustar a unas personas o a otras. Le explicaba a Natalí que no era lo mismo no gustarle a tu mamá que no gustarle al director del periódico más importante del mundo. O que al dueño de la productora cinematográfica más potente del planeta: aquí Lorenzo Lucas veía una postal de Saturno, porque cada vez que escuchaba la palabra «planeta» no la asociaba con la Tierra ni con Júpiter, sino con Saturno, siempre Saturno. La razón tal vez residía en la vistosidad de su anillo. No gustarle a tu mamá podía ser psicoanalíticamente incómodo, pero las repercusiones económicas y sociales de dicho desamor no solían revestir mucha gravedad, a no ser que el individuo al que su mamá desaprobaba desarrollara una de esas sociopatías que salen en las series estadounidenses. Así que no era lo mismo no gustarle a tu mamá, repetía Lorenzo a una extenuada Natalí, que al presidente/a del banco de Santander. O que al productor televisivo que mayores audiencias y dividendos le reporta al amo de una cadena que prudentemente se oculta en el anonimato. De todo esto Lorenzo estaba aprendiendo mucho en las últimas semanas. «O sea que Valls está como un elefante en una cacharrería. No se entera de nada, mi niña.» A esas alturas de la noche lo habitual era que Natalia ya estuviese sumida en su profundo sueño de princesa pluriempleada. Pero aquella noche Lorenzo veía solo la tele y le daba un poco de rabia no poder compartir sus destellos de lucidez. Incluso de hacer confesiones. «Natalia, me gustan los anuncios.»

Por mucho que le gustasen los anuncios, comenzaba a experimentar cierto aburrimiento. Quizá estaba un poco nervioso como siempre que emitían el *reality* de Natalia. «Eso es la televisión, amiguita, solamente pruebas...», recordaba nostálgico. Álex Grande había demostrado su inteligencia como director teatral al elegir a Lorenzo Lucas, tanto tiempo desaparecido, para interpretar al magnífico Addison DeWitt. Porque el émulo de George Sanders nunca dejaba de considerar todos los matices de un mismo asunto y la argumentación para avalar sus reticencias respecto a las risueñas −«¿De qué se reirá este gilipollas?»− declaraciones de Valls «Hay que asumir que no se puede gustar a todo el mundo» no serviría en el caso de que tu mamá fuese la presidenta de una red social asentada internacionalmente o la máxima accionista de una compañía telefónica. Así que la sentencia sobre lo precavido que hay que ser con los deseos era reaccionaria y la de que no se puede gustar a todo el mundo era una muestra −«Paradigmática, mi niña, una muestra pa-ra-dig-má-ti-ca»− de esa filosofía de cubos boca abajo que ahora estaba de moda. «¿Te enteras, mi niña?» Natalia le decía que sí con la boca llena de palitos de fibra para el desayuno. Aunque fuera la hora de cenar.

Lo que no podía discutirse era que la televisión engordaba. «La televisión engorda: esa máxima sí pueden grabarla con letras de oro en las tablas de las nuevas verdades absolutas.» Él daba fe mientras contemplaba a Natalia de Miguel, que por fin se había materializado dentro de la jaula televisiva haciendo de princesa en un *reality* en el que debía elegir a su príncipe asesorada por una bruja anoréxica, cabezona y de hombros estrechos. Al lado de semejante mujer *barbitúrica* su Natalia parecía una vaca suiza dentro de un vestido rosa de organdí. O de un vestido celeste de batista perforada. «Joder, es que me la visten los enemigos», se quejaba Lorenzo. Natalia de Miguel, niña de primera comunión, rubita prisionera de los *poltergeists* catódicos, podría morir asfixiada si, al apagarse el televisor, la imagen se fuera cerrando hasta quedar reducida a ese punto negro que hacía *pluff* en el centro de las antiguas pequeñas pantallas.

Sin embargo, Lorenzo sabía que Natalia no era ninguna vaca suiza. Podía palparle las costillas en cuanto ella se ponía un poquito en escorzo y empezaban a notársele las clavículas de una manera que a él personalmente no le gustaba mucho. Se le estaba cayendo el culito respingón y los brazos degeneraban hacia una consistencia fofa. «Putos cereales», bramaba Lorenzo. Natalia se estaba machacando para no parecer una figurita de mazapán de almendra al lado de la rubia cabezona que se movía sobre unos tacones de veinte centímetros de un lado a otro de un plató reconvertido en palacio encantado. Incluso los actores varones estaban obsesionados por su forma física antes de poner un pie sobre las tablas. Ya no sólo era una cuestión de resistencia, sino un asunto estético: los torsos redondeados, lampiños, los vientres como oleaje esculpido en hierro. Lorenzo se acordó de Agustín González y de José Luis López Vázquez. Se acordó de José María Rodero. De Bódalo y de Luis Prendes. De José María Prada. De Landa. Incluso se le pasaron por la cabeza sir Laurence Olivier, Jack Lemmon y Bob Hoskins. Charles Laughton. Mastroianni. Tony Curtis, que hacía abdominales para preparar sus papeles en *Espartaco* y *Los vikingos*. Charlton Heston, que entrenaría para interpretar *Ben-Hur*. De Niro y Tom Hanks, hinchándose y deshinchándose para interpretar ciertos papeles. El desorden en los índices glucémicos. «Ésos son la excepción. No la regla», el

135

gran actor de La Elipa calibró el espesor de su capita de grasa abdominal y se rió pensando que antes los galanes sólo tenían que ser guapos de cara.

«Natalia, cómete las costillas de cerdo», recomendaba Lorenzo Lucas. La chica sólo había probado la guarnición del guiso que con amor de padre, amante, mentor y cocinero artista Lorenzo llevaba preparándole toda la mañana. «Come, mi niña.» La niña daba un bocadito y él daba palmas. «Es que trabajas mucho.» A Natalia de Miguel se le marcaban las venas de las muñecas insanamente y, sin embargo, detrás del enrejado de la televisión sobresalía por su apariencia lustrosa, su aspecto de buena salud y una dulzura que se multiplicaba empalagosamente a través del plasma. Esos atributos constituían la base de los comentarios sobre Natalia de Miguel en las secciones de televisión de los periódicos digitales. Lo más curioso era que, para bien o para mal, la chica gustaba. Aunque a veces se hablase de sus lorzas.

«La televisión engorda», corroboró Lorenzo: la princesita le entregaba una calabaza a uno de sus pretendientes mientras le explicaba, con muchísima lástima y cortesía, cuáles habían sido sus motivos –«Eres majísimo, pero como me veo forzada a echar a alguien...»– para ponerle en la puerta del palacio maravilloso y haberle desestimado como candidato a príncipe azul. «La televisión engorda», insistió el capullo de Lorenzo Sanders. «Pero mi niña es una rosa de primavera», corrigió un Lorenzo Lucas más bien rijoso. «Como se quede sin tetas y se le pongan las patillas de alambre, la echo de casa», remachó un diabólico DeWitt que hablaba –por supuesto– en broma. Lo que de verdad le gustaría saber a Lorenzo –convencido de que a su niña, pese a la resistencia que mostraba, se le irían quedando cosas y aprendería a su pesar– es en qué estaría pensando Natalia mientras le entregaba la calabaza a aquel macrocefálico sin aludir ni una sola vez al tamaño de su cabeza como causa legítima de expulsión.

PLAZA DE LOS VOSGOS

A través del ventanuco de la mansarda de su pisazo de la plaza de los Vosgos donde, además del matrimonio Valls, también habían residido Victor Hugo, Théophile Gautier, Daudet, la cortesana Marion Delorme y hasta el mismísimo cardenal Richelieu, a través de la mansarda Charlotte Échalote, como el personaje siniestro que descorre levemente las cortinas para espiar a través de ellas, como si hubiese subido a un desván donde se conserva amojamado un cadáver, observaba a Lucille mientras la *bonne* empujaba la silla de la Urrutia. Desde arriba, la vieja de negro parecía una cucaracha y Charlotte pensó que tal vez debería comprarle a aquel desecho de actriz una indumentaria un poco más alegre. Rayas o lunares. Envolverla en papel de aluminio. El sentido del humor salvaba a Charlotte Saint-Clair en sus momentos de crisis: sobre todo cuando su buen corazón y su generosidad congénita la llevaban a olvidarse de ella misma y a perderse.

Sin embargo, espiando desde la mansarda, Charlotte se sentía perversa y afeada por las sombras. No dejaban de ocurrírsele procedimientos para matar a aquel pedazo de carne con el que no la unía ningún lazo. Sólo el incomprensible deseo de protección de Daniel hacia la vieja y la pulsión de Charlotte de complacer a su marido. Ella se comportaba como una rodilla con buenos reflejos al recibir el martillazo de los caprichos, las rectitudes y urgencias de Daniel: «Nosotros si hacemos las cosas, nos mojamos del todo, Charlotte.» Aunque el uso del plural solía envanecerla mucho, ella no reconocía a la gran actriz en aquel residuo humano, viejo, sucio y meón, como los muñecos que le regalaba su papá de niña; una vieja inmunda que ahora sólo canturreaba cuando Lucille –que con toda la razón había pedido un aumento de sueldo– la sacaba a pasear por esa plaza donde habían vivido Hugo, Gautier, Daudet y ahora residía doña Ana Urrutia, caduca gloria de la escena ibérica. A Madame Valls la nueva residente le parecía una aberración. Un detalle de muy mal gusto en un atuendo impecable.

Si al menos la vieja aún fuera un ser humano reconocible, una de esas joyas de las artes escénicas poco valoradas en su patria de «bárbaros maravillosos» –la expresión era un invento de la Saint-Clair–, que los franceses acostumbran a adoptar para rendirles esos homenajes y merecidos honores que no les han dispensado en su nación de origen, entonces, el excéntrico apadrinamiento de Ana Urrutia podría haber tenido algún sentido. Quizá el ministro de Cultura, en un modesto cóctel ofrecido por los Valls en su pisazo de la plaza de los Vosgos, se hubiese pasado por allí para imponerle a Ana Urrutia, sentada en su silla y ataviada con una preciosa mantilla blanca, una banda de honor. Pero la Urrutia ya no estaba para pronunciar discursos de agradecimiento o rememorar un pequeño monólogo de alguna de sus interpretaciones estelares: sólo balbuceaba y de vez en cuando entonaba coplillas pasadas de moda. Además, Valls había hecho trasladar a la anciana en una ambulancia desde Madrid y le había puesto a su mujer una condición del mismo modo que lo hizo Richard Burton a su octava esposa en el papel de Barba Azul que su Dan, por cierto, habría bordado: «No uses nunca esa llave, Anne.» Era demasiado incluso para el nivel de sumisión que a Charlotte Saint-Clair le placía asumir. Daniel puso condiciones: «El incógnito es imprescindible. Esto no es un acto de sentimentalismo, sino de generosidad anónima.» Remachó: «Anónima.» Después se había dirigido a Charlotte no como si la mujer hubiera salido de su costilla –una experiencia extrema, sicalíptica, de la que a ella le hubiese encantado disfrutar–, sino como si fuera una becaria de esas a las que hay que deletrearles los nombres propios: «Nosotros no somos Angelina Jolie.»

A Charlotte le escandalizaba el hecho de que en España no se hubiese producido al menos un pequeño revuelo ante la desaparición repentina de una actriz de fuste como doña Ana Urrutia. Sólo tuvo repercusión su historia de miseria, la suciedad y aquella horrible imagen del retorcido pie de la anciana, tendida en el suelo de la cocina, cuando la encontró la valeriana soporífera. Sin embargo, Charlotte ahora echaba en falta titulares como «Gran dama de la escena desaparecida del asilo», «Ana Urrutia, ¿secuestro?, ¿abducción extraterrestre?, ¿volatilización?, ¿huida?», «El caso Urrutia, ¿tenemos que volver a preguntarnos por qué no vemos nunca a un chino viejo?, ¿cuál es la fórmula secreta de los rollitos de primavera?». La bróker filántropa no entendía el silencio mediático porque consideraba que había carnaza de sobra. Pero, desde la discreta retirada de la vieja actriz a una residencia, la prensa española no había escrito ni una línea sobre la desaparición de doña Ana Urrutia Valerón. Charlotte había investigado por las teselas de internet e incluso había dado con el segundo apellido de esa gran actriz de Bilbao, con ascendientes canarios, que ahora, delante de sus ojos que la espiaban a través del reluciente cristal del vano de la mansarda, segregaba flemas y canturreaba cancioncillas que Lucille no conocía ni deseaba conocer. Charlotte se dijo que un día estás y al siguiente no estás.

Para colmo Daniel se había quedado en Madrid porque aún le quedaban ciertos asuntos pendientes. Charlotte se preguntaba qué asuntos serían ésos. No le constaba que el último ganador de la Copa Volpi hubiera firmado ningún contrato nuevo. La bróker filántropa había hecho algo de lo que no se sentía orgullosa: inmiscuirse en la carrera de su esposo telefoneando a su agente, quien le había confirmado que, efectivamente, Daniel no tenía ningún compromiso en su agenda. «Al menos por el momento, querida», la había consolado Nina Magán, *conseguidora* de contratos maravillosos y papeles de gran impacto internacional. Charlotte Saint-Clair temía que el huevazo contra su marido constituyese un punto de inflexión en su carrera. Desde la firma del maldito manifiesto, todo habían sido penalidades y se preguntaba hasta qué punto resultaba beneficioso que fuera ella quien amortiguase los golpes. Empezaba a tener dudas y buscaba un procedimiento para escapar de este círculo vicioso que se iba transformando en el desagüe de una pila por la que Daniel, pequeñito, acabaría siendo tragado. «Quizá debería pedir perdón», sugirió Nina Magán en su charla telefónica. «A muchos no les queda más remedio...» Charlotte Saint-Clair sabía que su marido nunca, nunca hincaría la rodilla. Nina se mantenía firme en sus posiciones: «Cuando algunos meten la pata, pueden sacarla. Otros ni siquiera tienen esa oportunidad...» En lo más profundo de su corazón de buena yegua, en lo más profundo de su víscera del amor, la bróker filántropa se sentía orgullosa de la cabezonería de su jinete.

A través del ventanuco de la mansarda, Charlotte Saint-Clair creyó atisbar una mueca en la boca sin dientes de Ana Urrutia. Una infructuosa oscilación de su osamenta. La vieja se había quedado mirando a la perrita de Madame Ricoeur. Había extendido los dedos de un modo tan exagerado que Charlotte había podido verlo. Mano agigantada después de sumergirse en una marmita de poción mágica. Monumental. Monstruosa. La vieja había querido extender sus dedos hasta el límite de sus fuerzas. Tensando los tendones y haciendo que las sogas venosas estuviesen a punto de desatarse y derramar su contenido por la tierra del parque central de la plaza de los Vosgos. Teatral, crispadamente, doña Ana Urrutia decía: «Ba, ba, ba.» Lucille, atenta a todo, había cerrado la mano de la vieja recogiéndola dentro de su propio puño y le había puesto un dedo en los labios para frenar el balbuceo. Madame Ricoeur se había ido. Desconfiando. Charlotte, presa del horror, había retirado la vista. «Vuelvo pronto, *ma petite échalote*», le prometió Daniel. «Te estaré eternamente agradecido», la sedujo. Siempre, en último término, en casa de los Valls se hacía lo que Daniel decidía. Desde el vano de la mansarda, la bróker miraba con asco cómo Lucille había detenido la silla de ruedas e intentaba alimentar a Ana Urrutia con pedacitos que iba arrancando de una baguette de jamón de York con mantequilla. La vieja apartaba la cara. Los escupía. Se revolvía. A veces incluso hacía el amago de morder a la pobre Lucille, que, como la situación no se arreglara pronto, iba a preparar su equipaje y se iba a despedir. La única manera de arreglar las cosas, atendiendo al compromiso que había asumido su querido esposo, era que la vieja se muriese. Charlotte había protestado pero, como siempre, Daniel Valls se salió con la suya. «Te llamo mañana, *ma petite échalote*. Ya verás como poco a poco te acostumbras.» De noche, por muy grande que fuese el pisazo de los Vosgos, por muy bien cerradas que quedaran las puertas y las ventanas, Charlotte podía escuchar la respiración de la Urrutia. Los gritos. Los pedos. La casa empezaba a oler a comida caducada y a pis de gato. Como si la vieja acumulase en su interior animales pútridos y alimentos pasados de fecha, mezclados en el bolo alimenticio, en una indigestión crónica. En cada aliento la vieja exhalaba un aroma hediondo que iba contaminando cada rincón

141

de los Vosgos. A veces, Charlotte Saint-Clair permanecía en su despacho el día entero. Incluso había dejado de comprar flores porque, antes de que Lucille las pusiera en agua, percibía el matiz de podredumbre que expelen los pétalos a punto de caer. Las nobles maderas de sus muebles le llegaban a la fina pituitaria con solemne aroma de ataúd. Charlotte siempre había tenido una nariz que sobresalía a la hora de descifrar las notas aromáticas de un buen vino. Detectaba la madera, la frambuesa y el caramelo. Desde que la Urrutia había invadido su espacio, no sólo sentía abotargada la nariz, sino que también en cada nota de las canciones que escuchaba percibía la disonancia diabólica, la reminiscencia del lenguaje de los que ya no están entre nosotros. La Urrutia se la había quedado mirando fijamente en las dos ocasiones en las que, con la mejor voluntad del mundo, la había sentado a su mesa. La miraba con el recelo con que se mira a los desconocidos —«*Logiquement!*»— sin consentir tragar las pizcas de mermelada o salsa de *coq au vin* —esto lo toleraba un poco mejor— que Lucille procuraba darle con cucharilla de plata. La vieja bebía ávidamente los vasos de vino y Charlotte, como una villana de los dibujos animados, se regodeaba frotando la bola de cristal y vaticinando un futuro en el que la suerte consistía en que la vieja muriera de inanición. O de cirrosis. Se limpió el morrito antes de dar un sorbo de su copa. La bróker en la mansarda borró una sonrisa de sus labios porque se la notó y se dio cuenta de que era un signo de maldad.

Sin embargo, Charlotte Saint-Clair se sentía con pleno derecho de ser malvada. Al menos por una vez. Al menos en este caso. Porque estaba sola con una mujer repugnante que iba impregnando con su tufo cada rincón de un piso que, poco a poco, iba dejando de pertenecerle. Porque Dan no había vuelto aún a casa, al hogar, al magnífico pisazo mutante de esa plaza de los Vosgos de la que había sido residente el mismísimo cardenal Richelieu. No había ninguna razón por la que debiera permanecer en Madrid. Sólo la valeriana soporífera era la responsable de todo lo malo que estaba sucediendo en la vida de Charlotte, que en ese momento se hartó y decidió enviar a su marido un mensaje al teléfono donde pudiera acceder a todos los enlaces insultantes que venía acumulando desde hacía semanas. Daniel debía ser consciente del tamaño de la tumba que se estaba cavando. Debía medir sus errores, hacer examen de conciencia, valorar hasta qué punto le servía adoptar unos compromisos que estaban destruyendo su familia. Incluso su amor por ella y toda la paz que experimentaban juntos en su pisazo de la plaza de los Vosgos.

Charlotte, cada vez que repasaba los insultos dirigidos a su marido en internet, sentía el impulso de advertirle que ella de ningún modo se iba ir a vivir a Cuba. Era imprescindible limpiar la nómina de sus amistades, recapacitar sobre el absurdo de dar cobijo a una vieja extraña bajo el propio techo, volver a encauzar su carrera. Charlotte, en su mansarda, deseó que su marido se muriese de miedo. Que tuviese que retornar a los Vosgos embozado bajo una capa de fantasma de la ópera. Mirando siempre hacia atrás. Buscando Arkansas —el hogar— en las alcantarillas de París. Perseguido por la sombra de todas las brujas del Este y del Oeste, por el tufo a azufre y los zapatos rojos. Agotada de ser sensible, buena, protectora y exquisita, la bróker filántropa —ahora más filántropa que nunca, a punto de volver a notar el tufo a pis de la Urrutia al subir de su paseo por el parque— sabía que Daniel debía regresar al lugar de donde nunca debió salir. Sus brazos.

«Vete a vivir a Cuba», «Farsante», «Qué cómodo decir esas cositas con el riñón cubierto», «Y encima el pueblo subvencionando a vagos», «Zapatero, a tus zapatos», «Los artistas verdaderos no se meten en política», «¿Y tú dónde tributas, tuercebotas?, ¿cuál es tu paraíso fiscal?», «Es un actor malo, un mentiroso, una mala persona», «Éstos son los cánceres y los chupasangres que deberíamos extirpar de la sociedad», «Gorrón, comemierda, asesino», «¿Eres actor? Actúa y cállate la boca, ¡payaso!», «Es un chulo fracasado y no le queda más recurso que decir gilipolleces, para intentar notoriedad», «UN PERFECTO HIJO DE PUTA», «Dando *pabulo* a lo que dice este fracasado mamón le damos de comer», «Pero *quien* le pone *atencion* a este tipo. Miren la cara de loquito que tiene. Ya en serio no entrevisten a esta clase de personas», «HAY que colgarle de los cojones televisivos, digo; cómo, pues sencillamente haciendo zaping cada vez que salga», «CAGO ZURULLOS MÁS INTELIGENTES Y ATRACTIVOS QUE ESTA MIERDA DE PERSONA», «De un mal actor, amargao de la vida e iletrado, ¿qué podemos esperar? Ni caso a este simplón», «Este retrasadito tuvo una infancia *dificil,* sus padres no le *conpraban* juguetes y *asi* se ha quedado, una *lastima* con lo buen actor que es. Cuántos Oscar tiene, ¿uno, dos, tres?........ ¿NINGUNO? NO PUEDE SER», «Y a todos estos mierdas no los veo por la calle para que me lo diga a la cara menuda pandilla de hijos de puta», «He pedido para el 2015 que le salga un *cancer* de hígado y que le dure 5 o 6 años», «Que *pais,* no puedes insultar al *arbitro* o al equipo rival en el Fútbol y sin embargo algunos comediantes de pacotilla nos insultan a todos», «Debería ser fusilado sin juicio previo», «ESTE PAYASO (CON RESPETO A LOS PAYASOS) ¿DE QUÉ COÑO VIVE?», «Mal vamos si no leemos lo que firmamos por muy muy cool que quede», «Lo que diga este caradura me la refanfinfla. Muy de izquierdas, muy radical y agresivo, vividor del cuento hasta el límite. De actor poco, mediocre, eso *sí*, dispuesto a todo para estar donde está y además quiere dar lecciones. Tiene...», «... comunista capitalista que nos toma el pelo. Asco y tomadura de pelo. Ni es buen actor ni es buen luchador por los derechos, puros comediantes, esos que nos toman el pelo», «Es lo que da de *sí* firmar manifiestos simplones y tener residencia e intereses del otro lado», «LA TÍPICA IZQUIERDA CAVIAR...».

Ante la aburridísima mirada de Nina Magán, Daniel expuso el repertorio de insultos que le había mandado Charlotte en dos sms cuyos títulos eran respectivamente «Vuelve» y «Despiegta, amog» –a diferencia de la de los comentarios, en este caso la ortografía era correcta, pero Daniel podía oír el estereotipado acento de su yegua de los Vosgos.

Había un insulto, firmado por Justicia Divina, que a Daniel le había molestado mucho: «El rojo de Clicquot vuelve al ataque. Vergüenza.» «Me llaman el rojo de Clicquot, Nina. A mí, que me he criado en Carabanchel bajo.»

Nina, pensando que el insulto parecía más un epíteto épico, recordando los tiempos en que traducía las aventuras de Aquiles, el de los pies alados, queriendo estar en otro lugar pero asumiendo las responsabilidades de su maldito oficio –«Histéricos, nerviosos, ambiciosos, ególatras, ingratos, megalómanos, susceptibles, astronautas...»–, hizo tintinear las esclavas que llevaba en la muñeca: «Sí, Daniel. Te has criado en Carabanchel bajo. Pero ahora vives en la plaza de los Vosgos.» «¿Y qué?, ¿no puedo tener un piso donde me salga de los cojones?» «Por supuesto que sí, querido», Nina Magán no estaba acostumbrada a mantener estas conversaciones con sus representados: «Aunque eso tal vez te incapacita para otras cosas.» Pese a todo, Daniel Valls le había hecho ganar un montón de dinero, así que se armó de santa paciencia: «Deberías ser mucho más cauto.»

El ganador de la Copa Volpi mostraba su rabia: «Debería ser una persona que practica esa libertad de expresión que hoy a nadie se le cae de la boca. ¿Debería ser yo el único ser humano del planeta sin libertad de expresión?» Nina empezaba a cansarse: «Una cosa es tener libertad de expresión y otra muy distinta ser un bocazas, querido.» Daniel se revolvió: «No me llames querido.» Nina tiró la pluma estilográfica sobre una pila de folios mordiéndose la lengua para no preguntarle a Daniel si tal vez preferiría que le llamase el rojito de Clicquot –«La rojipela escarlata», «El Marqués de Lenín»–. Buscó una opción menos insultante, pero no completamente conciliadora: «Me parece que Charlotte te mima demasiado.»

La conversación que habían mantenido Nina Magán y Daniel Valls en el despacho de la primera había sido menos amable que de costumbre. La agente había intentado convencer a su cliente de que debía pedir disculpas si no quería seguir recibiendo huevazos ni esos mensajes que tanto habían sobrecogido a uno de los mejores actores europeos del panorama internacional. «Hasta Bogie se arrepintió de su actitud ante el Comité de Actividades Antiamericanas.» «¡Nina!», Valls no podía creer que Nina Magán le hubiese disparado semejante tiro a bocajarro. Valls tenía sentimientos contradictorios hacia su agente: por un lado, creía que ella nunca hacía todo lo que debería hacer por él, que era sólo uno más –aunque no el más insignificante– de una apretada cartera de representados; con el paso del tiempo, Daniel fue gestando la idea malsana –la idea ya era un feto de seis kilos– de que los trabajos para los que se le requería no necesitaban de la intermediación de Nina Magán: los trabajos le salían solos, por su trayectoria, por los amigos y

146

conocidos que habían empezado a formar parte de su vida de un modo casi imperceptible. Nina sólo reforzaba la idea que a veces Valls tenía de sí mismo: era un producto, una mercancía. Por otro lado, Daniel estaba casi seguro de que sus impresiones eran injustas y que sin Nina muchas puertas habrían permanecido cerradas. Sobre todo, en los inicios. Ella era una de las pocas personas cuya opinión solía respetar y le estaban doliendo sus palabras. La pulla sobre cómo Humphrey Bogart había renegado de su digno comportamiento hacia ese maldito comité. Quizá ahora los comités operaban sin constituirse como tales y él se sentía como una víctima que luchaba contra una presencia gigantesca e invisible que –lo notaba, lo notaba, lo notaba– estaba a punto de deglutirlo.

Nina, que se había sobresaltado un poco al escuchar el grito de Daniel que encerraba su nombre –«¡Nina!»–, Nina, Saturnina Magán, dio un respingo, pero siguió, implacable, con la exposición de sus razonamientos. El problema, en resumen, no consistía en que Daniel fuera un hombre fuerte capaz de cargar sobre sus espaldas con la bilis ajena, el malestar, la rabia, la furia, el resentimiento, la justa ira y la espada de Damocles de un mundo cada vez más desquiciado; el problema no consistía en que, por fin, a los cuarenta y tantos años Daniel Valls hubiera llegado a la conclusión de que «No se podía gustar a todo el mundo» –«Menuda genialidad, a tus años, Danielito»–; el verdadero problema era que, si Daniel persistía en su empeño de seguir siendo la mosca cojonera de no se sabía qué; si persistía en su puto empeño –sí, Nina había dicho «puto»– de erigirse en defensor de causas pobres y perdidas que no tuvieran que ver con la beneficencia, el exotismo, la libertad con mayúscula y el *yes, we can;* con causas que ella no podía rentabilizar desde un punto de vista mediático y publicitario –«Mister Proper se afilia a Reporteros sin Fronteras», ironizó Valls–; si Daniel persistía en cantar canciones viejas, entonces, con todo el respeto del mundo hacia la libertad personal e ideológica de su cliente, hacia su libertad de expresión y todas esas gilipolleces, ella no veía clara la posibilidad de seguir caminando juntos por la senda de un futuro común. «¿Me estás largando?» Nina Magán no mintió: «Casi.»

Nina, sumándose a los comentarios de los troles más salvajes, le vaticinó a Daniel una vejez no muy dorada en una playa de Cuba o en un huertecillo de Corea del Norte –¿una chabolita en Teherán?–, que eran los destinos a los que le querían enviar, por correo urgente y certificado, el noventa y cinco por ciento de los comentaristas televisivos de la ultraderecha, de la derecha, del centro y de la socialdemocracia. «Es decir, las personas de bien», sintetizó Nina Magán mientras mordía un puntero láser provocando cierto estupor y cierta grima en Daniel Valls, que siguió atendiendo a los razonamientos de una persona que había velado por sus intereses incluso tanto como su *petite échalote:* «Tu público objetivo quiere verte con la pajarita sobre una alfombra roja, haciendo excelentes películas, posando con Charlotte y no metiéndote en lo que cuesta una rodaja de chorizo de barra, que tú por cierto no comes, o rasgándote las vestiduras por el desmantelamiento de lo público, que por cierto tú usas más bien poco, o por el ensanchamiento y la profundización en la brecha de la desigualdad, que por cierto tú contribuyes a abrir cada día más.» Nina le dijo: «Déjate de *tatachán*, Daniel.»

La agente intentó palpar las partes blandas del ganador de la Copa Volpi diciendo que los espectadores lo amaban como el gran actor que era. «Haz películas.» Y punto. Nina, retomando otro de los creativos eslóganes de los troles, le aconsejó: «Zapatero, a tus zapatos», una frase que rechinaba en el tímpano de Daniel como el tenedor con que un niño cabrón raya sañudamente el plato. Nina apuntó que siempre que los actores se metían en estos berenjenales el asunto salía mal. «Sobre todo teniendo en cuenta que tú no eres Lorenzo Lucas, ese gran actor que carece de segunda residencia y se puede permitir ser un obcecado y un demodé sin que nadie lo odie.» Nina reflexionó un instante: «Aunque ahora Lorenzo...» Ella no le haría ascos a una principiante como Natalia de Miguel. El programa de las calabazas se le vino a la cabeza durante un segundo –una pequeña ausencia, una distracción–, pero enseguida la agente le aclaró al representado que nadie se arriesgaría a contratar a un actor que despierta odios en su público, es decir, en sus clientes.

«Eres una cínica», Daniel Valls miró a los ojos de su agente y los vio de otro color; miró la boca de su agente y la vio de otro tamaño; miró el cuello de su agente y detectó un bulto, parecido a la nuez de Adán, que nunca había estado ahí. «No te conozco, Nina.» La Magán tiró el puntero láser, chupeteado, sobre la misma pila de folios que antes había amortiguado la caída de la estilográfica: «Querido, tú y yo tenemos una relación comercial que nos ha llevado a ser amigos. Pero si lo uno se rompe, te aseguro que lo otro también.» Daniel se estaba poniendo pesadito: «Eres una cínica.» «Todo lo contrario, querido. Todo lo contrario.»

Por un instante, Daniel Valls agradeció la sinceridad de Nina y fue en busca de la salvación: la palabra de ánimo que la agente acostumbraba a ofrecerle en esos momentos que –ahora se daba cuenta– nunca llegaban a ser malos del todo. Pequeñas falsas crisis que a Daniel le ayudaban a darse importancia y a experimentar la fantasía de verse a sí mismo como un superviviente y un luchador. Valls buscó consuelo: «No se puede gustar a todo el mundo, pero le gustaré a alguien, ¿no?» Nina Magán le explicó que seguro que sí, pero que daba lo mismo, porque estaba endemoniado y Costa-Gavras ya no hacía películas. Era probable que incluso hubiera muerto y no hubiesen sacado su esquela en el periódico. «Y Loach no te va a llamar nunca, porque aunque tú te creas que no, tienes demasiado glamour.» Nina se comportó como un crotalillo: «Además, te he dicho mil veces que tienes que mejorar muchísimo tu inglés.» En el tránsito del cine mudo al sonoro, las voces aflautadas habían sido cedazo y prueba del nueve para el éxito. Hoy el cedazo era adquirir un inglés nativo.

Nina también invitó a Daniel a darse una vuelta por las salas para tomar nota de quién era su público: «Cotufas, Daniel, cotufas: las que se pueden pagar una entrada.» Ahora las echaría de menos. «A lo mejor no te vas a vivir a Cuba y acabas viviendo en París. Pero como un *clochard*. Y no precisamente para preparar un papelito.» A Valls, justo después de que en su cabeza sólo martillease una palabra —«Puta, puta, puta, puta»—, se le cruzó por la mente aquella película, *Los viajes de Sullivan,* y temió que su comportamiento pudiese confundirse con la curiosidad del personaje interpretado por Joel McCrea, ese director de cine que, para retratar la miseria y la depresión, pasa una temporada sumido en ella como un vagabundo y un muerto de hambre. Se disfraza de miseria, porque hay estados que no se pueden fingir. Miradas que no se entienden. Irreproducibles. En cuanto la cámara se pone a grabar sólo se registra el simulacro. La usurpación del que habla por boca de otros y se dedica al arte siniestro de la ventriloquia. El portavoz, el pianista, el cómico. Pero nadie se acordaba ya de Sullivan e incluso Bogie había acabado traicionando las causas más nobles. O quizá fue el cansancio, el cáncer de esófago, la lenta pudrición del bebedor que lleva la contraria, el desacuerdo transformado en bulto o en dificultad de vivir.

Siempre cuesta arriba. A veces bajo los focos. Molesto por el deslumbramiento de los focos. Desconcertado cuando llega el apagón. Daniel comenzaba a internarse en una de esas fases depresivas que tanto le habían hermanado con Valeria. Se dijo lo que solía decirse en esos casos: «Soy un débil mental.» Era un síntoma. La agente no dejaba que Daniel interrumpiese su discurso y en esa nueva actitud, sin condescendencia, sin piedad, apenas con un poco de empatía por los buenos tiempos –¡Salud!–, él percibió un cambio revolucionario en todo lo que le rodeaba. Una demolición del mundo conocido que se estaba practicando en círculos concéntricos, desde lo próximo hacia lo lejano y de lo lejano hacia lo próximo, en un devastador barrido del espacio. Nina continuaba produciéndole el mismo efecto que una sierra mecánica o que un torno dental sin anestesia: «No te respetan ni tus propios compañeros», «No te creen y les colocas en una posición incómoda con esas supuestas heroicidades que emprendes y que ellos, más sensatos, no se atreven a acometer». Nina le clavó el estoque: «Piensan que eres culpable.» Le hizo un guiño: «Te tiran huevos.» Nina Magán movió los deditos como si los tuviese pegajosos.

Daniel Valls salió del despacho sin despedirse. «Soy un débil mental.» «Puta.» «Soy un débil mental.» «Puta.» El estribillo continuó hasta que llegó a la calle, paró un taxi y se dio cuenta de que por primera vez en muchos años no tenía ningún proyecto en perspectiva. «Soy un parado.» Recordó el pisito de Valeria y se dijo que él ya no sabría vivir así. El ruido del frigorífico, una televisión pequeñita, el olor a fritanga y suavizante que sube por el patio de luces, un cuarto de baño con bañera y cortina de ducha de plástico. Los pececitos antideslizantes pegados a la loza. Una fresquera bajo el ventanal de la cocina. Un cuarto sin ascen-

151

sor y con radiadores eléctricos. El nuevo olor a perra vieja que, poco a poco, iba reconcentrándose en los reducidos espacios de la casita de su amiga. Incluso el primitivo sacacorchos con el que Valeria descorchó el vino de su discordia le parecía a Daniel un utensilio obsoleto, una herramienta que él ya no tendría la destreza suficiente para utilizar ante la deslumbrante aparición en el mercado de los sacacorchos a presión. Los pósteres de exposiciones impresionistas con que Valeria alegraba las paredes le parecían una ofensa al buen gusto: «Coño, soy un esteta.» Daniel exhibía su hipersensibilidad y su tendencia a la exageración, su cromosoma de príncipe guisante –sin embargo, campechano–, pero ni siquiera la toma de conciencia de su nueva situación le enorgullecía o le aliviaba: de algún modo había encontrado un motivo para avalar esos compromisos que le afeaban las masas incultas –la palabra «populacho» volvió a acalambrarle las neuronas–. Tampoco le consolaba aquello del mal de muchos, consuelo de tontos. «Soy un débil mental.»

Cuando por fin perdió de vista a Daniel con la seguridad de que la llamaría mañana o a lo mejor pasado y con la certeza de que ella no tendría nada que ofrecerle –«Este imbécil ha echado su carrera por la borda»–, Nina Magán –«Puta»– tomó aire y no pudo contener una sonrisilla: «El rojo de Clicquot. Tiene gracia.»

CALABAZAS

Natalia sonríe seduciendo al pilotito rojo de la cámara dos: «Le he dado la calabaza a Samuel porque en la cita que tuvimos en el cenador noté que le olía el aliento.» Se corta el plano y el pretendiente Samuel –«Se nota que no le gusto: nunca me llama Sammy»–, con cara de que lo que ha revelado Natalia es una puta mentira, gesticula como un mono al que acaban de arrebatarle una fruta madura. De fondo, al espectador le llega el sonido de una puerta con los goznes rasgados por el óxido. Cuando supuestamente nadie lo ve, Sammy se echa el aliento contra el murete de la palma de la mano. Abre mucho las fosas nasales y después arruga la nariz. Se repite el gesto de Sammy-Samuel y, en la repetición, su aliento se tinta de verde. En el hálito verdoso se sobreimprimen los dibujos de unas culebrillas con rostro de persona que simbolizaban la fetidez extrema.

El candidato desaparece de la imagen y Natalia actúa como una pepona contrariada que da un zapatazo contra el mármol de pega del suelo del palacio: «Jo. Eso no es agradable, ¿no?» Después busca a alguien más allá del pilotito rojo de la cámara dos: «Ése es un buen motivo, ¿no?», «No he sido injusta, ¿no?», «Es que yo no quiero hacer daño a nadie, ¿no?».

Ruido de una puerta que se cierra por un golpe de viento y plano de Sammy-Samuel con un corazón palpitante que se rompe por la mitad. Natalia, en contraplano, lloriquea un poco: «Es que esto es superduro.» Su moquero es de encaje. Luego se repanchinga en su sillita de la reina, como si estuviese a solas en la sala de un centro de depilación, y se quita una pizca de comida que se le ha quedado entre los dientes. Aparece un gran plato de lechuga y un primer plano de la arcada dentaria de Natalia de Miguel con las briznas de lechuga destacadas en verde flúor. Chupeteos. Acabada la limpieza, Natalia se pierde en un punto indefinido del techo. El techo del plató posee más matices que el propio cielo, porque ella se queda ahí obnubilada escudriñando inexistentes pájaros. Y nubes. De fondo, el canto de un grillo nocturno. Cri-cri, cri-cri, cri-cri. Natalia de Miguel está a por uvas.

Valeria, con la perrita Macoque en el regazo, viendo la televisión se planteaba un interrogante relacionado con su oficio: «¿Estará actuando o es ella misma?»

Tras la desaparición de Sammy-Samuel –eliminado, muerto, *kaput*– por comeajos, coprófago, halitóxico y feo, comienza el desfile de príncipes supervivientes. Una veintena de candidatos azules, rojos, amarillos: lucen tupés impresionantes, barrigas portentosas, cabezas mayúsculas. Ortodoncias de colores. Gorritas de béisbol. Joyas. Algunos entonan canciones románticas con trinos ascendentes y descendentes, o coleccionan maniquíes o se lo consultan todo a sus madres; otros padecen una timidez patológica o son vírgenes o suicidas o paracaidistas o policías municipales que deberían ser fulminantemente expulsados del cuerpo o de cualquier cuerpo que aspiren a penetrar. Los miembros de un grupito llevan el torso tatuado, los tobillos, la esclerótica: «Eso da muchísimo repelús», le confiesa Natalia a su supuesta mejor amiga que actúa de contrapunto y le abre, con su experiencia y lucidez, los ojos a la inocente princesa: «Pero, tía, piensa, piensa, tía: hay que ser muy valiente para hacerse eso.» Natalia con la boca abierta –tan sexy– reflexiona secundada por el canto de los grillos nocturnos que siempre la acompaña en sus meditaciones: «Eso sí. Supervaliente.»

Tras el paréntesis de la conversación íntima, continúa el desfile: unos candidatos creen en Dios y en la Virgen de Regla con fe y fervor antropológicos, y otros practican yoga, llevan una rígida dieta vegana y se visten de naranja-corredor de la muerte. En lo esencial, los unos y los otros son espirituales y están de acuerdo. La mayoría de los participantes exhibe una brillante musculatura de culturista de barrio, mientras que otros, de chichas magras, parecen esconder bajo la tela del bañador una boa constrictor enroscada en sí misma. La procesión sufre un *interruptus:* Natalia de Miguel y su amiga se tapan la boca con los dedos, abren muchísimo los ojos y sueltan una risita de infanta demente. A veces el desfile se interrumpe con un plano de la princesa Natalia que niega con el índice estirado ante las fotos de los aspirantes que menos le gustan. Nadie arruga la nariz tan bien como Natalia de Miguel.

Pensó Valeria: «Ese gesto es muy suyo. Ay.»

Un candidato, masticador de chicle sin azúcar, le da a oler su boca a Natalia: ella le olisquea el cielo del paladar como una espeleóloga alelada por los gases de la gruta y, tras unos instantes de deliberación, sube el pulgar. La emperadora romana hace reverencias ante los aplausos enlatados y el ruido de olas. Frescor. Splash. La marca de chicles patrocina el programa. Corte.

Natalia de Miguel mantiene otra conversación con su supuesta mejor amiga. Las dos, sentadas en posición de loto sobre la colcha rosa de una cama con dosel, se cogen las manos: «Tía, esta noche voy a tener una cita con Alb.» La amiga hace un mohín que, como es habitual –Valeria había empezado a comprender los tics, las sinestesias y los automatismos del programa–, se subraya por medio del ruido de la puerta con los goznes rasgados por el óxido: «¿Con Alb? Pero si es un chulo.» La mejor amiga se come las vocales a una velocidad vertiginosa. En ese mismo instante Alb se pone crema concentrando toda su atención en el bíceps de su brazo derecho. Natalia alardea de vocabulario: «Sí, tía, es un narcisista. Pero me encanta.»

Valeria cerró los ojos y rezó para que la palabra «narcisista» formase parte del guión y no fuese una reminiscencia de las lecturas prestadas de Verónica Soler, quien siempre le había asegurado que la capacidad de adaptación al medio y la inteligencia natural de Natalia eran sobresalientes. Cuan-

155

do Valeria abrió los ojos, la amiga seguía en sus trece con la terca lealtad o la leal terquedad o la terquedad a secas que caracteriza a los mejores buenos amigos en los programas de televisión: «Yo creo que te lo deberías replantear, tía. A mí Alb no me gusta nada para ti. ¿Por qué no le pides una cita a Eric, que es mucho más mono?»

Los espectadores escuchan gritos desaforados de chimpancés en pleno combate por montar a la hembra disponible. Natalia descuelga con gracia la mandíbula inferior: «¿Tú crees, tía?, ¿mejor con Eric?» La amiga: «Yo lo veo más formal. Y te hace más caso. Te trata mucho mejor.» Los de realización mantienen el plano de la princesita con la mandíbula descolgada –tan sexy– y, de nuevo, el canto de los grillos ameniza la escena: «No sé. ¿Besará bien?» Succión. Desatascadores. Regurgitación. Alcantarillas. Tuberías bajantes. Alguien tira de la cadena. La amiga: «Eso tendrás que comprobarlo por ti misma, ¿no? Pero a mí me parece que Eric es como más maduro. No sé, algo así como si tuviera más vida interior.» Corte, «¿Ehhhh?», sorpresa, incomprensión, inadecuación pragmática total, y plano de Eric que lee un libro encuadernado en piel de cerdo. Flautines barrocos, musiquilla culta de la que se emplea para amenizar los créditos de programas como *La bolsa de los refranes*.

Valeria estableció un matiz: aquella musiquita lexicográfica nada tenía que ver con las improvisaciones de jazz de las entrevistas con esos grandes escritores vivos que parece que estén muertos y suelen tratar a sus esposas-geishas con inmenso desdén. Corte.

Natalia, ruborizada por la posibilidad de un beso con Eric, se abraza y se revuelca con su amiga lascivamente sobre el edredón.

Después de los anuncios, llega el momento de dar calabazas. Los espectadores han asistido esa noche a tres citas de

Natalia de Miguel. Con Eric no se ha besado, con Alb sí. Justo antes de besarse con Alb, los amantes se lanzan una serie de miradas que se intensifica infográficamente con rayitos que les salen de los ojos. Alb posee unos rayos mucho más energéticos que los de Natalia porque es ella quien primero baja la vista para ponerse a jugar con la falda de tul celeste de su vestido de fiesta. La imagen se congela en los dos amantes con las miradas prendidas. El fondo musical, desbocados pianos de Chopin. De repente, la música se interrumpe con el ruido de los frenos de un coche que chirrían contra la calzada. El sonido previo a la catástrofe da paso a una secuencia en la que Eric charla con un candidato sin ninguna oportunidad –lleva un parche en el ojo, no hace deporte, fuma a escondidas–: «Tío, como se bese con alguien que no sea yo, me voy del programa.» El plano medio de Eric se transforma en un primer plano de su cara descompuesta de angelote –materialmente descompuesta, líquidamente descompuesta– justo en el instante en que el sonido previo a la colisión culmina en la colisión propiamente dicha, y Natalia y Alb se besan apasionadamente entre estampas de olas que rompen contra la escollera. O el farallón. Él le levanta un poquito la falda y le toca, con mucha, mucha suavidad, el muslo. Entonces, en la mano de Eric, como por arte de magia, se materializa una maleta condecorada con antiguas pegatinas de ciudades del mundo. El Coliseo, la torre Eiffel, un tulipán, las Pirámides. Corte. La ingenua princesa levanta los hombros.

Valeria Falcón pensó: «Es ella.» Y le dio un escalofrío. Corte.

Natalia, ataviada con una coronita, sostiene entre las manos una calabaza del tamaño de un calabacín. Todos los pretendientes forman en un semicírculo frente a ella. La bruja anoréxica que presenta el programa engola la voz mucho más que en anteriores episodios. Ella pronuncia separando cada sílaba con un retintín repugnante: «Bue-no, que-ri-da, ha lle-ga-do o-tra vez el tris-te mo-men-to de e-le-gir.» Por supuesto, tampoco ejecuta esas sinalefas que reciben el nombre de *liaison* en francés.

Valeria Falcón no podía evitar fijarse muchísimo en todas esas cosas.

La bruja formula una pregunta retórica: «¿Pre-pa-ra-da?» Natalia afirma con un movimiento de barbilla mientras observa a sus pretendientes con lástima infinitesimal. Ahora se oye el croar de las ranas o de los sapos nocturnos mientras la cámara repasa los rostros de los príncipes aspirantes. La mayoría se mordisquea los labios o se recoloca los puños del traje o se afloja un poquito el nudo de la corbata.

Valeria se dio cuenta de que no sólo las palabras, sino también los gestos, estaban corrompidos por el tópico.

Otros candidatos miran el cielo de cartón esperando quizá ser rescatados por una nave espacial que con gran espectacularidad surque la manta de la noche de imitación dejando una estela fosforescente.

Natalia permanece clavada en su marca. La bruja anoréxica se relame –un gatito se hace la toilette– en su maldad de tramoya frotándose las manos frente al encorsetado pecho: «U-no, de vo-so-tros, es-ta no-che...» Pausa dramática, pausa prepotente, pausa macarra: «... ca-e». La amenaza se remata con una de esas risas terroríficas que recorren, como niños histéricos, arriba y abajo, las escaleras de las mansiones encantadas de los parques de atracciones. Se crea la ilusión óptica de que un tembleque recorre la formación de los candidatos. Entonces, Natalia de Miguel, cuando todos los espectadores creen que por fin va a entregarle la calabaza al fumador tuerto, imprime un giro imprevisto en su trayectoria y va acercándose lentamente a Eric.

La música de *Psicosis* le atronaba los oídos cuando, de repente, Valeria Falcón se sintió mal al descubrirse inquieta. Encandilada. Corte.

Un primer plano de la bruja anoréxica permite distinguir un instante de suma perversidad concentrado en una media sonrisa atravesada por el brillo de un diente. Sonido de un corazón palpitante a punto de romper los niveles de normalidad del electrocardiograma. Natalia de Miguel se va aproximando a Eric, que ya está a punto de extender las manos para recibir el fruto, cuando la princesa del cuento, como la Olimpia de Hoffmann o la bailarina imantada de las cajitas de música, varía su trayectoria cuarenta y cinco grados a la izquierda y entrega la calabaza a un Alb tan sorprendido que la cucurbitácea está a punto de caérsele: «¿Por qué? Tú eres mi princesa. ¿Por qué me haces esto?»

Corte e interpolación de entrevista en plano medio realizada a Alberto Cruz Molinete, bombero de Terrassa: «Bueno, la chica no está mal, pero yo la veo un poco lerda, sosita, sosita, más empalagosa que un batido de vainilla...» Otra risa maléfica, corte y regreso al escenario donde Natalia de Miguel parpadea con lentitud enervante: «Eres muy, narcisista, Alb.» «Tú nunca me querrías a mí. Sólo a ti mismo.»

La cámara capta el gesto de conformidad de la supuesta mejor amiga de Natalia y se lleva a cabo un pequeño *flashback* en el que la mejor amiga monologa como si monologar fuera lo más normal del mundo: «No vamos a elegir siempre a los hombres que nos hagan daño. Natalia no se lo merece. Yo confío en que ella va a tomar la decisión más adecuada. Porque Nati se mueve por el impulso de su corazón y su corazón es el de una buena niña.» Fin de la cita con sonido enlatado de un «Ohhhhhhhhhhhhhh» muy conmovido.

La cámara se detiene en el gesto de conformidad de Eric e, inmediatamente, pasa al gesto de desdén de la presenta-

159

dora. Natalia le da dos besitos a Alb: «¿Sin rencores?» Alb no responde.

Flashback de Alb: «Si no me elige a mí, es que esta tía es gilipollas perdida. Yo salgo de aquí y las tengo a pares.» La bruja anoréxica se chupa los labios –antropofágicamente– mientras piensa en el infinito. De vuelta en el plató de la calabaza, ante el silencio de Alb, Natalia retrocede dos pasos hasta colocarse junto a la bruja anoréxica: «La, pró-xi-ma, se-ma-na, o-tro, que-ri-da.»

Sin encender aún la luz de la salita, Valeria Falcón rumiaba el concepto de crisis de la virilidad y acariciaba la cabeza de la perrita Macoque, que cada día estaba más despeluchada: «Espero que esté actuando.» La perrita gruñía: «Si está actuando, es una excelente clown.» Valeria le tiraba a la perra de los pelillos del rabo: «Una excelente rubia tonta.» El estreno de *Eva al desnudo* estaba previsto para dentro de una semana y Valeria ya no era capaz de recordar si Natalia de Miguel resultaba creíble en su papel de Eve Harrington. La princesa decía adiós desde la pequeña pantalla: «Espero que esté actuando.»

La perrita Macoque empezó a aullar. Afónicamente.

II

UN HUEVO A MATAR

«¿Pero vosotros qué queréis?, ¿que se saque las tripas y se las fría y se las coma delante de todo el mundo?» Los sindicalistas soltaron una carcajada y le dijeron a Valeria que no exagerase, que cómo eran los actores, que a Daniel Valls sólo le habían tirado un huevo y que no era para ponerse así. Gajes del oficio y de cómo estaba el patio. Además, Valls siempre había demostrado su fortaleza y su generosidad. «Es un débil mental», a Valeria le dio tanta vergüenza haber pensado tal cosa de su amigo que volvió a centrarse en el asunto del huevo: «Sí, le han tirado un huevo. Pero un huevo directo al corazón.» Los sindicalistas, estupefactos, creyeron que Valeria bromeaba, pero estaba hablando en serio: «Un huevo a matar.»

Valeria recordó que la película por la que Valls había ganado su Copa Volpi trataba de un ciudadano cero. De un hombre sin oficio ni beneficio que se compraba un chándal y sacaba del cuarto trasero la escopeta de su padre. Después, apostándose en distintas azoteas, seleccionaba, azarosamente, blancos móviles. No importaba el nombre de la ciudad: «Deslocalización como efecto o crítica de la globalización», apuntó Mulay Flynn Austen, el director de la cinta. Lo único importante era que el espectador identificase que se trataba de ahora mismo. Valeria, cuando vio la película, aparte de reconocer la brillantez de la interpretación de su amigo, no llegó a entender bien lo que el director/guionista/autor había querido expresar: la desolación, la soledad, la violencia del entorno que empapa al ser humano, la maldad. El director, en rueda de prensa no muy multitudinaria, se decantó por un solo concepto para definir su película: el azar. Declaró el cineasta: «El azar en realidad o no existe o es siempre perverso. En una misma familia se puede producir una secuencia de cánceres hereditarios de colon o de mama que lleven a determinados individuos a amputarse determinadas partes de su cuerpo. A eso no lo llamamos azar, sino herencia, y las repeticiones no anulan el número de probabilidades, sino que las multiplican. Sin embargo, el hecho exógeno –no endógeno– de que un pez escorpión pique en la playa a varios miembros de una misma familia no disminuye el número de probabilidades de que otro pez escorpión pique a otro miembro de esa misma familia. En resumen, la repetición multiplica la desgracia, pero nunca resta probabilidades de que ésta se produzca. De eso va mi película, ¿me explico?»

«Como un libro cerrado», concluyó Valeria, que no obstante reprodujo la imagen de Daniel, con su gorrita de béisbol y la pupila contraída, mientras buscaba víctimas entre la masa de los transeúntes. El huevo a matar que a él le tiraron en la gala de los Goya no tenía nada que ver con el azar. Valls se movía como una pieza de caza de mayor y alguien lo había elegido a él, lo había buscado, había apuntado, había lanzado, había acertado. Y había escondido la mano con la complicidad y el silencio de quienes lo vieron y no lo denunciaron. Luego, cuando a Daniel lo hubieran vilipendiado y arrastrado por el fango, ese asesino en potencia levantaría el dedo para revelar: «Fui yo.» Y recibir los aplausos del auditorio.

«Un huevo a matar, un huevo a matar, un huevo a matar», rumiaba Valeria mientras iba rebobinando las escenas de la película. Los sindicalistas fingieron no oír nada, y aunque estaban seguros de estar tratando de llegar a un acuerdo con una loca, la sacaron de su ensimismamiento tomándola levemente por la muñeca: «¿Señora Falcón?» «¿Sí?» Enseguida intentaron seducirla: leer un manifiesto sólo llevaba un rato. Ni siquiera Daniel tendría que completar el recorrido de la manifestación. Podría llegar a última hora y ellos, a través de su servicio de seguridad, se encargarían de que accediese al micrófono. Daniel no podía negarse: «La gente lo quiere mucho.»

Valeria volvió a visualizar un huevo en el centro de su mente. La yema. La clara. La escurridiza consistencia de un huevo sobre la pechera de una chaqueta mate. También le llegó la imagen de aquellas antiguas representaciones donde un público descontento arrojaba al actor mondas de patatas, hojas de col, tomates pochos. Esto había sucedido desde tiempos inmemoriales. Ahora a menudo el desprecio era menos físico: la gente aplaudía con moderación y, después, enmascarados o anónimos, te cercaban en la red, te acribillaban en la red, te descomponían a ti y a tu reputación de mosca sin un ápice de clemencia. Con la rabia del mal actor que no había llegado a ninguna parte por malo, ripioso y vago, y no por no formar parte de un árbol genealógico de titiriteros o por carecer de padrinos o por negarse a mantener relaciones sexuales con el productor.

Los sindicalistas siguieron describiendo al gran Daniel Valls: «Es un actor, sobre todo un ser humano, muy respetado.» Valeria Falcón levantó desmesuradamente una ceja. Tenía un día muy destructivo: «Somos peleles.» Cuando formuló este último pensamiento se percató de que alguien que dice de sí mismo, con lástima infinita, que es un pelele, alguien que se siente manipulado por otros, víctima, maniquí, muñeco del ventrílocuo, aurícula pinzada, es alguien que cree que de verdad se merece un respeto. Pero un respeto más allá del mismo respeto: es alguien que se cree que es alguien. Alguien que se escribe a sí mismo con mayúsculas y que al reflejarse en los escaparates de las tiendas se ve dentro de un marco de peltre. Alguien que aún encontraría natural el tonillo de indignación de una frase tan *vintage* que ya suena hasta entrañable: «Es que usted no sabe con quién está hablando.» Valeria se encontró en la horrible disyuntiva de decidir si era peor esa soberbia hiperbólica o esa falsa modestia que, con el paso del tiempo, *erosivamente*, como la gota serena de las torturas chinas, había ido creando un poso para que los ignorantes alardearan de su ignorancia y los empollones se encerrasen en cuevas o fuesen considerados la escoria del mundo.

Mientras Valeria ejercía la autocrítica, los sindicalistas se atrevieron a sugerir que figurar –pronunciaron el verbo en cursiva– solamente en el momento de los aplausos y las mieles quedaba feo. Era egoísmo puro. Mieles, huevos, papel atrapamoscas, las manos de un niño después de haberse zampado una nube de algodón de azúcar: «¿Mieles? ¿Vosotros sabéis que no tiene trabajo?» Los sindicalistas mostraron de nuevo su estupor y manifestaron ante Valeria su completa seguridad de que esa falta de perspectivas era circunstancial. «Un albur», señaló un sindicalista aficionado a la lexicografía –de todo hay en la viña del Señor; en los parajes más hostiles y pedregosos, entre las grietas del pavimento, brota una rosa perfumada–, y utilizó pertinentemente el término

166

en su acepción de azar o contingencia, y no en sus otras acepciones de rumor, mentira o aventura amorosa. Muy pronto, Daniel estaría embarcado en un gran proyecto cinematográfico. «¿Tiene usted una bola de cristal?», los sindicalistas le rieron a Valeria la gracia y subrayaron el hecho de que esos parones laborales formaban parte de la idiosincrasia de los oficios artísticos y también de la profesión de actor. Todo ello agravado por las penosas condiciones de la crisis que justamente acciones como la manifestación en la que pedían el apoyo de Daniel tendían a paliar. Falto de unos buenos restregones con un abrillantador de metales, el pico de oro de uno de los sindicalistas amarilleó un poco: «No se va a morir de hambre.» Valeria clavó una mirada torva en su interlocutor, que se defendió como pudo: «¡Vive en los Vosgos!» Valeria no le reprochaba su insensibilidad a aquel hombre porque, a fin de cuentas, aquellos sindicalistas no eran insensibles; se habían marcado un objetivo en función de unos intereses comunes y procuraban alcanzarlo utilizando estratagemas entre las que ni siquiera habían descartado la adulación: «Ya sabéis que estamos muy agradecidos a gente como vosotros, que siempre estáis ahí, apoyándonos, en estos momentos tan difíciles. No nos gustaría abusar, pero no tenemos mucha más gente a la que recurrir.» A Valeria se le afilaron los colmillos: «Qué gran honor.» Pero también era verdad que estaba el miedo. La falta de conciencia. Los propios errores de los sindicalistas. La necesidad de experimentar el sentimiento de reciprocidad o la obligación de ser generoso, de entender que estos actos de generosidad no son actos de generosidad. Que no se puede esperar nada de las buenas obras. Que no son buenas obras. Que son actos de conciencia cívica. Que esto no era un intercambio. Que patatín y que patatán. Que no me siento correspondido. «Como si la política fuera un romance», se dijo interiormente Valeria Falcón. Luego llegaba el aburrimiento, el cansancio, el no entender realmente por qué se hacían las cosas. La laxitud. El egoísmo. Sin paliativos. Con todas las letras: «Mi egoísmo», se lamentó Valeria Falcón.

Valeria se sintió muy fatigada, pero sobre todo le preocupaban sus presentimientos sobre el futuro de Daniel. Hacía un par de semanas que no sabía nada de su amigo. Dónde vivía. Cuáles eran sus planes. Podía estar viajando en trenes de un lado a otro del país. O en Francia comiendo foie. Tal vez estaba ensayando un personaje del que Valeria no tenía noticia y, sin embargo, estaba segura de que no era eso lo que estaba sucediendo. Ni siquiera la había telefoneado para acusar recibo de la invitación al estreno de *Eva al desnudo* que le había hecho llegar tanto a su dirección parisina como a la dirección del hotel donde solía alojarse cuando pernoctaba en Madrid. Incluso ignoraba si estaría descansando en su hogar, recluido, contento o triste. Desde luego, carecía de cualquier dato respecto al proceso de adaptación de Ana Urrutia en su nuevo domicilio. Sus dudas y sus temores se acrecentaban cada día hasta el punto de que había pensado llamar por teléfono a casa de los Valls-Saint-Clair. No imaginaba cómo podría acabar su conversación con Charlotte. Sobre todo, desde la exportación de Ana Urrutia. Nina Magán había sido la última persona que había visto a Daniel. Le había descrito a Valeria el estado del actor durante el encuentro: «Errático. Confuso. Absurdo.» Nina cogió aire: «Prometeico.» Valeria entendió perfectamente.

«Pero ¿no te puedes poner en contacto con él?» El sindicalista de las gafas se mostró taxativo: «Que él decida.» Valeria no engañaba a nadie. No sabía cómo ponerse en contacto con Valls, que no respondía a su teléfono móvil. Además le daba miedo que lo encontraran. Que él –muy blando y muy engreído– aceptase la proposición: «¿Habéis visto los mensajes insultantes después de la firma del manifiesto?, ¿por qué no lo dejáis descansar un poco?» El de las gafas ejerció su derecho de réplica: «No se puede gustar a todo el mundo, señora Falcón.» Entonces, Valeria se censuró a sí misma por interpretar tan a menudo el papel de Teresa de Calcuta, hablar por boca de otros, por una piedad que representaba para su amigo el mayor de los desprecios. Se fue sin decir ni una palabra más.

Valeria Falcón se sintió insultada porque a ella no le habían ofrecido leer el manifiesto.

MILI, AL DESNUDO

La primera sensación que tuvo Mili al ocupar su butaca fue la de no reconocerse entre aquel público. Era un público rarísimo. No era el habitual: las mujeres maduras, los jóvenes entusiastas, los matrimonios hartos de estar encerrados en casa viendo la televisión. Era un público extraterrestre y ella no entendía bien qué hacía allí. Entre esa pulpa de naranjas exprimidas. Tampoco lograba comprender qué hacían allí los otros. No pertenecían a la misma cuadra. No había más que echarles un vistazo a los dientes. Todos aquellos caballos llevaban o habían llevado *brackets* –adelgazantes, de zirconio, de zafiro...–, sin embargo los dientes de Mili se apelotonaban y su esmalte amarilleaba a causa del consumo de tetraciclina en la infancia. Mili tenía los costados heridos por la presión de las cinchas mientras que todos aquellos caballos eran los unicornios, con la crin teñida de púrpura, de las fantasías cursis. Mili, sola, entre aquella gente. Aquél siempre había sido su hábitat natural y, sin embargo, hoy ella era la diferencia del pasatiempo de las siete diferencias. La errata de la página.

Cuando se alzó el telón, suspendió su perplejidad, se cubrió los pechos con las manos para evitar sentirse desnuda entre aquel público —su rareza la desnudaba como en los sueños vulgares— y comenzó a mirar como si estuviese sola. Vio: un decorado en blanco y negro. Iluminación dramática en la que se adivinaba la mano de Eusebio, el Von Stroheim del teatro español, una pantalla donde se proyectaba el fotograma congelado de *All About Eve* —Eve recoge su premio— tras el cual se desencadena la narración en *flashback*. «A partir de cierta edad todo son *flashbacks*», Mili echó un vistazo en torno a ella y se cubrió con el bolso las voluminosas tetas de matrona.

Los actores aún no habían pisado la escena, pero desde el principio Mili supo que Álex iba a seguir fielmente el guión de Mankiewicz. Con un respeto irritante para los iconoclastas. «Que se pudran los iconoclastas», la cabeza de Mili, muy sensible incluso a los estímulos ínfimos —«Por eso dejé el teatro»—, funcionaba a dos mil revoluciones. Volvió a mirar a su alrededor: «¿Serán todos éstos iconoclastas?» Una chica de la fila de delante se recolocaba la coleta de caballo hasta ponérsela a la altura de la coronilla. Mili le dio un toque en el hombro. La chica se volvió mostrándole una tensa fila de dientes. Como si fuese a pegarle un mordisco. Mili apartó la mano. «Ahora lo iconoclasta es el respeto», pensó Mili retrayéndose hasta el fondo de su butaca tapizada en terciopelo magenta.

«Soy una carcamal. Una momia.» No estaba muy segura de lo que pensaba, pero cuando Mili pensaba un pensamiento ya no había vuelta atrás. Se le quedaba pegado a las meninges y ya no podía desprenderse de él. Ella lo sabía: Álex iba a calcar todas y cada una de las sentencias de uno de los mejores guiones de la historia del cine. Sin amputaciones ni prótesis. Marcando las comas y los silencios que hacían grande a un actor dramático. Bien por Álex. El ritmo de *All About Eve* dejaba al espectador sin aliento no por la velocidad de las cosas que sucedían, sino por la fuerza –el significado específico– de cada paso a lo largo del viaje: el ovillo no se desenredaba sino que poco a poco se iba recogiendo en una maraña turbia. La claustrofobia especular. La eterna repetición. El desgaste. Las perspectivas confluyen en un solo punto que se abrasa como cuando los rayos del sol se concentran en la lente de la lupa. A lo mejor era mentira que había muchas maneras de mirar las cosas. De contarlas. «Los unicornios no lo van a entender. Es imposible.» Mili se mordió los labios: «¿A qué ha venido aquí toda esta gente?»

Mili analizaba el cogote tatuado de la chica de la coleta. Un código de barras. Se esforzó por no desconcentrarse. «*Eve. Eve. Eve.*» *Eve* que es *Eve,* y no es Amanda, Eleonora o Susana. *Eve.* Porque el texto habla del teatro y de la usurpación y del tiempo que se agota y de la necesidad lampedusiana de que todo cambie para que todo siga igual. Pero ahí, agazapado en la semilla del cuento, se esconde el primer pecado cometido: el de las ganas de aprender. El de la costilla curiosa, rebelde: el de la curiosidad –que mató al gato y a las mujeres de Barba Azul– como rebeldía. El afán de conocimiento como perversión de la bruja, la hechicera, el mordisco tan dulce a la manzana. *Eve.* El disimulo, la competitividad, la ira que provoca la pérdida del encanto. La mezquindad. El miedo a dejar de ser el objeto del deseo. Ser sexo y sólo sexo y sexo en el sexo del sexo. La certeza de que no ser deseada –mirada, contada– es una forma de desaparecer. *Karen, Eve, Margo* se resisten a dejar de latir y escriben un relato sobre la utopía de la ingenuidad y la falacia de la inocencia. Sobre la debilidad de los fuertes y la fortaleza de los fuertes que disimulan, reptan, se desmayan. Sobre lo hijo de puta que hay que ser, especialmente si perteneces al género femenino –«Por eso dejé el teatro»–, para medrar en este mundo mal hecho, intolerante con las actrices viejas, ciego a los niños que tienen la boca cuajada de larvas de mosca. Mankiewicz habla de quienes intentan parecerse a nosotros y acaban siendo nuestros vampiros; habla de cómo el respeto y la idolatría degeneran en resentimiento y sublevación. *Eve*, Lilith, el demonio, el código de barras de la chica de la coleta, la arpía es una actriz joven. *Eve* es Natalia de Miguel. Mili no pudo dejar de sonreír. La elección le provocaba risa y se preguntaba si no escondería segundas intenciones –«Por eso dejé el teatro»– por parte de Valeria Falcón. Valeria siempre había sido una pobre lianta.

Blanco y negro. Los rebordes de la escena estaban empapelados con papel fotográfico y carteles de cine. El público no podía perder la conciencia de la representación. En un punto indefinido del patio de butacas se escuchó un politono que tardó en extinguirse. «No van a entender ni una palabra. ¿Por qué han venido?» Mili había dejado los escenarios hacía más de una década, pero seguía disfrutando de un montaje intencional. Prefería, como espectadora, el riesgo de la pretenciosidad a la naturalidad –¿facilidad?– burguesa. Miró a su alrededor y, pese a no querer sentir lo que estaba sintiendo, sintió que estaba rodeada de unicornios hostiles. Peluches que al contacto con el agua se habían transformado en fieras –Gremlins–. Mascaban chicle y hablaban a voces. Animales que queriendo vestir bien vestían mal. Horteras. Relinchaban. Rumiaban paja. Unicornios irrecuperables que se comportaban en el teatro como niños a la hora del recreo. Mili no sabía si era mejor contar con este tipo de público o con ninguno; se acordaba de una representación de *Las hijas de Buffalo Bill*: tres actores en escena; cinco espectadores; dos se fueron en el descanso de la obra... –«Por eso dejé el teatro»–. La sensación de desnudez. La desolación.

Y, no obstante, era maravilloso deleitarse en la cara de los niños ante una representación de títeres. Ávidos, concentrados, dando réplica a los muñecos. Pidiendo palos o compasión. Después, algo se torcía. Mili pensaba que esa torsión, ese cambio de rumbo, se relacionaba con una medida perversa del tiempo. Con la velocidad de los microondas y las batidoras. Con los quince segundos que dura un anuncio de la televisión. Hoy el público del que ella formaba parte –albina en Uganda– no se merecía el espectáculo que iba a presenciar –«Por eso dejé el teatro»–. Desconfiaba de la utilidad de la educación. No le gustaban sus mezquinos sentimientos: «Soy asquerosa.» Mili intentó tranquilizarse: «Puede que ellos vean algo que yo no veo. Puede que capten significados que para mí no existen.» Miró y remiró a los espectadores, y tirando de las poleas internas que le contenían el gesto, tratando de evitarlo a toda costa, el escepticismo le torció la cara.

Mili montó un bar pidiéndole un préstamo a su hermana. Un bar bohemio y *cultureta* donde organizó tertulias, exposiciones, lecturas de poesía, cuentacuentos. El bar iba solo. Como bar. Sin florituras. Con sus borrachines y esos otros bebedores adustos que se castigan las vísceras a diario de un modo sostenido e inquebrantable. Sin salirse nunca de tono. Ésos son los clientes que dejan dinero. Mili había comprendido que se ganaba la vida con la cerveza y el café, las bebidas blancas y los aguardientes, y que dejó el teatro porque le alimentaba poco el alma y mal el cuerpo. «Soy una tabernera.» Maritornes. De repente, a Mili la deslumbró un fogonazo. La chica del código de barras consultaba el móvil mientras los pasos de Lorenzo Lucas ya retumbaban contra la tarima del escenario y se acercaban hacia las candilejas.

Mientras medía el porte poderoso de Lorenzo, su base gris de maquillaje, sus guantes inmaculados, su decoloración, Mili pensaba y pensaba. Las palabras de Addison DeWitt servían de marco. Por mucho que a lo largo de la obra se escuchase la voz del resto de los personajes, no había que perder de vista que el primero en hablar había sido Addison DeWitt. Él era el ojo detrás del catalejo. Su superioridad, su misoginia, su rijosidad. «No van a entender nada», a Mili le dio un poco de pena. Álex tenía ideas magníficas. Le salían de su frente abombada, de las finísimas puntas de sus dedos y de sus horrendos ojillos rojizos. Un ratón. Para Mili, era una genialidad devolver *All About Eve*, una película, al medio que en el texto original representa la pureza de la representación: el teatro. El cine, en el texto de Mankiewicz, es una corrupción de las esencias. Un modo de venderse al dinero fácil, a las luces y los efectos especiales de los grandes estudios, abaratando la monumentalidad genuina del teatro. Mankiewicz rueda una gran película que contradice las pulsiones que alimentan su texto: la corrupción, la pureza, los motivos espurios. Tal vez insinúa que esas pulsiones –las esencias, la virginidad, los altares, las musas, el Olimpo, el himen irrompible de Sarah Bernhardt– son una estupidez. Ahora, Álex Grande, en su diálogo con el original, suprimía las contradicciones, asimilaba la pureza con la sofisticación, y en una época en la que las obras de teatro se adaptaban al cine –¡Shakespeare! ¡Lope! ¡Ibsen! ¡Tennessee Williams!... ¡Yasmina Reza!–, él adaptaba al teatro un clásico de Hollywood. Mili estuvo a punto de volver a tocar el hombro de la chica del código de barras: «Nena, ¿tú sabes quién era Tennessee Williams?» Se abstuvo. La chica no parecía tener muy buenas pulgas. A lo mejor ni siquiera estaba desparasitada.

Lorenzo Lucas, interpretando a Addison DeWitt, se despojaba de su deje de gran actor castizo. Mostraba su talento, su experiencia, su escuela, su versatilidad. Se movía por el escenario controlando el territorio, haciéndolo suyo. Había memorizado no sólo su texto y las réplicas, sino también la disposición de los elementos de atrezo: si unas cerillas fallasen, Lorenzo Lucas sabría dónde encontrar otras sobre la marcha y los espectadores nunca notarían que una tuerca del mecanismo de la representación se había aflojado durante unos segundos de angustia dilatada y amorfa —«Por eso dejé el teatro»—. A Mili, de Lorenzo sólo le molestaba que fuera Lorenzo. «Es un misógino, un barriobajero, un resentido», le dijo a Natalia cuando ésta le comunicó que se iba a vivir con él porque le daba la impresión de que lo amaba: «Me enseña cosas.» Entonces Mili le dio su bendición. Porque se admiraba de que aún alguien pudiera enseñarle algo a otro que se hubiese puesto en la tesitura de ser enseñado. «Ojalá duren.» Mili no las tenía todas consigo.

Mili observó que la espectadora de su derecha miraba hacia el escenario como quien mira lo que hay detrás de un reflejo. A lo mejor era ciega. No llevaba el bastón blanco ni el perro lazarillo. Parecía no darse cuenta de que en el escenario, frente al espejo, Valeria Falcón se desmaquillaba con una pasta cegadoramente nívea que dejaba al descubierto la máscara gris de la piel. La actriz se quitaba el maquillaje revelando que su rostro tenía la textura de un fotograma. Fumaba. Fumaba continuamente. Valeria llevaba los labios pintados de negro, las sombras de los ojos grises, el *déshabillé* negro. El mueble del tocador era de un gris diferente al de las tablas del entarimado. La luz, pese al dramatismo, lo suavizaba todo creando un efecto difuso, *sfumato*, que atenuaba los contrastes radicales. Álex Grande no había querido caer en lo circense, sino mimetizarse con la urdimbre del celuloide de los años cincuenta. El grano de las películas viejas. La atmósfera saturada de humo, de partículas

175

y de telas de tarántulas. Valeria pronunciaba haciendo salir la voz de la profundidad de su estómago. De su sexo. Y su sexo se hacía carne en la caligrafía de una *o* bien cerrada entre los labios. El perfeccionismo en la dicción, tan propio de un personaje como Margo Channing, no parecía impresionar al público, que en los parlamentos de la primera actriz tendía a rascarse repentinos salpullidos. A Mili se le ocurrió una maldad: «La espesa Urrutia habría sido una Margo magnífica.» Pero su pequeña maldad no la salvaba del sufrimiento —«Por eso dejé el teatro»— al presenciar los esfuerzos vanos de la engolada comedianta. «Compañera.»

Valeria Falcón levantaba las cejas con el mismo desdén que Bette Davis. Mili lo entendió todo: Valeria no interpretaba a Margo Channing, sino a Bette Davis haciendo de Margo Channing. Algo parecido le sucedía a Lorenzo Lucas, que era el émulo —sin par— de George Sanders. Mili barruntaba una idea sin querer barruntarla completamente: Álex se había equivocado con la selección de los actores. O quizá se había equivocado con la selección del público. Gente demasiado joven con pinta de consumidor de programas de cotilleo, de jugador de rol, de modelo de pasarela de centro comercial en la periferia de Madrid —Algete, Alcobendas, Pinto—, de ciclista de sábado, de miss camiseta mojada y de míster musculatura aluminosa. «Los unicornios.» Aunque el público, a fin de cuentas, no se podía elegir. O sí, sí se podía. Mili iba a proponer *castings* de público. A subir un cincuenta por ciento el precio de las localidades para que el que fuera al teatro mostrase una actitud reverente ante la representación. Hoy sólo se respetaban aquellos productos y experiencias a los que se les ponía un precio impúdico: el último modelo de iPhone o una escalada al Montblanc guiada por un alpinista famoso. Se acordó de su abuela, la mujer de un obrero metalúrgico: se echaba sobre los hombros una estolita de visón de pega para asistir al teatro. Aquella elegancia que a Mili le pareció ridícula y ostentosa durante el tiempo en que ella practicaba expresión corporal y pedía desde el escenario la participación de un público mudo, aquel arreglarse para salir y pintarse las pestañas, eran una pose, un intento de lucirse, la representación que siempre tenía lugar desde y en el patio de butacas. También una muestra de respeto. Mili se avergonzó: «Soy un dinosaurio.»

Cuando apareció sobre las tablas Natalia de Miguel se produjo un milagro. El patio de butacas dejó de temblequear, se pararon las mandíbulas masticadoras de chicle, cesaron los susurros y las risitas, se apagaron los destellos verdosos de las teclas de los teléfonos móviles. La ciega recuperó la visión. En cuanto Natalia salió a escena, calada por la lluvia artificial, con un gorrito y una gabardina, cobijada bajo el dintel de una falsa puerta encajada en una falsa pared de ladrillos –blancos, negros, grises–, los espectadores permanecieron en silencio. Después rompieron a aplaudir. A silbar admirativamente. Gritaban: «¡Guapa!» Los espectadores despreciaban la liturgia del teatro burgués y Mili volvió a darse golpes en el pecho cuando se vio a sí misma vieja, rancia, lúgubre, sintiendo nostalgia de la buena educación. Después se rió de aquellos tiempos en los que se buscaba romper con la pasividad del público. Cuánto añoraba aquella inmovilidad, aquel silencio. Y sin embargo, tras la algarabía, los espectadores siguieron atentamente las evoluciones sobre el escenario de una encantadora Natalia de Miguel. Todo aquel público era exclusivamente suyo. Le pertenecía la manada de unicornios. No era de Álex ni de Valeria ni de Lorenzo ni de Bette Davis ni de George Sanders ni del mismísimo Mankiewicz. El público era propiedad de Natalia de Miguel. Entonces Mili, que conservaba su magnífica retentiva para los textos, recordó una frase de las memorias de Lillian Hellman que nunca había entendido del todo: «Elena me lleva a escuchar el concierto de Richter esta noche. Él es muy bueno, pero el público es mejor...» El público es mejor.

El aire del teatro se descargaba de electricidad cuando la joven actriz desaparecía. Valeria/Margo, en escena, cogía el teléfono adormilada: desde la otra punta del país su amor respondía a una llamada que supuestamente ella había pedido para felicitarlo por su cumpleaños. En realidad, Margo no había recordado la onomástica y era Eve –*Eve, Eve*– quien había solicitado la comunicación para que Bill Samson, excelente director teatral, se diese cuenta de que su novia no se acordaba de él y, en consecuencia, no lo amaba lo suficiente ni se lo merecía. Margo no podría reprocharle nada a Eve porque Eve sólo había pretendido cubrir a Margo. Una escena preciosa: la cara de Margo debía pasar del sueño al desvelo, del desconcierto a la lucidez, de la alegría al inicio de la cólera, de la tranquilidad a la desconfianza. Valeria, bajo su base de maquillaje gris perla, sólo era capaz de reproducir cierta sorpresa. Tampoco fingía bien el adormilamiento y en su voz de contralto no brillaban los matices –los gallos, las piruetas– de quien acaba de ser sacado abruptamente del sueño. Álex no había hecho una buena selección de actores, pero Mili no quería que ese pensamiento se le volviera a pasar por la cabeza. Si eso sucedía, si pensaba dos veces el mismo pensamiento, ya no podría desprenderse de él. Se le convertiría en una adherencia adiposa. Le causaría problemas. Los espectadores movían con nerviosidad las piernas. Bailaban el baile de San Vito. Hacían vibrar las filas de butacas. Estaban a punto de empezar a comer pipas. Quizá eran mucho más inteligentes de lo que Mili podía sospechar. Los espectadores le daban miedo. Si eran estúpidos mal, pero si eran demasiado listos, era mucho peor –«Por eso dejé el teatro»–. En realidad, Mili estaba harta de que nadie la reconociese por la calle y de que, si la reconocían, la señalaran de lejos porque nadie conseguía acordarse de su nombre.

Natalia de Miguel, grandiosa, volvía a ser recibida por el público como si fuese la Virgen del Rocío –«¡Ole, mi niña!»–. Ella fingía no oír a los espectadores, fingía no saltarse las reglas, e iba construyendo una Eve Harrington diferente a la de Anne Baxter, más vulnerable y carnal, más inoportuna, menos maquiavélica, terriblemente conmovedora. Mili se sobrecogió al comprobar que Natalia, diciendo el mismo texto que Anne Baxter en *All About Eve,* se diferenciaba por su modo de moverse y de mirar, por ejemplo, a Addison DeWitt cuando la tira sobre la cama y le pone las cartas encima de la mesa y descubre todas sus mentiras y ella llora rabiosamente y no sabemos si después puede conciliar el sueño, pero acaba estando espectacular en su papel de Cora. Natalia de Miguel era Eve Harrington. Natalia de Miguel no era una imitadora. Era una actriz. Una actriz sobre todo para este público que no había venido a ver la obra, sino a verla a ella. En el saludo final de los actores, aplaudieron a Natalia mucho más que a la Falcón o que a Lorenzo Lucas o que a Verónica Soler, que había interpretado el papel de Karen. El público, que recordaba a la princesa y sus calabazas, silbaba y hacía fotos con sus cámaras telefónicas. No habían visto la película de Mankiewicz ni les importaba quién era Anne Baxter, pero corroboraron la idea de que la televisión engordaba ante la delgadez en directo de Natalia de Miguel.

Mili volvió a sentirse sola. Oyó a lo lejos, como si no estuviese allí mismo, el relinchar de los unicornios púrpuras. Abrió su bolso, sacó de él una rosa amarilla, que había guardado para Natalia, y la arrojó a los minúsculos pies de Valeria Falcón.

UN CINTURÓN AL CUELLO

Desde que Daniel Valls había desaparecido sin dejar rastro, Natalia no podía olvidar ciertas imágenes que le rondaban por debajo de su rubio cuero cabelludo: Robin Williams ahorcado con su propio cinturón. Philip Seymour Hoffman, en la ambulancia, muerto por sobredosis. La bellísima Romy Schneider fulminada por una combinación mortífera de alcohol y barbitúricos. El no saber si a uno se le ha ido la mano o ha querido poner punto final. «Esa gente no existe. Es humo, mi niña», Lorenzo le acariciaba los ricitos de oro mientras ella lloraba al enterarse del suicidio de *Oh, capitán, mi capitán*. «Hologramas, iconos, imágenes en serie: no sufren enfermedades, lobanillos ni operaciones. Y si se someten a ellas, son tan exageradas que parecen el fragmento gore de un guión de ciencia ficción.» Las amputaciones de Angelina a Natalia le habían puesto la carne de gallina; igual que una secuencia, para ella absolutamente verosímil, que había reproducido un millón de veces sobre todo desde la desaparición de Valls: Natalia visita la morgue para identificar el cuerpo exangüe de Valeria Falcón. La secuencia se pauta con ritmo de película francesa. Los pasos de Natalia en sincronía con las palpitaciones de su corazón. Al principio lentas y profundas; poco a poco, más aceleradas. Caóticas. Camina a lo largo de un pasillo iluminado con neones de luz azul. O amarilla. Los sonidos –ruidos y voces– le llegan al cerebro como cuando se tienen los oídos taponados dentro de un avión o de un tren de alta velocidad. La víscera carmín se vuelve loca ante la proximidad de una puerta abatible. Tras ella, el cuerpo de la Falcón está cubierto por una sábana blanca sobre la que Natalia de Miguel descubre pequeños cercos producidos por secreciones ya secas. Bajo la luz cenital, los forenses destapan el rostro del cadáver: los ojos encajados en dos cuencas excavadas en el hueso, la calavera transparentándose por debajo de la piel, la nariz más ganchuda que nunca, el color indescriptible del cutis de los difuntos. Los brazos colgantes de la muerta dejan ver los cortes en las muñecas: profundos y cincelados en paralelo al trazado venoso.

«Mi niña, déjate de *vanitas»,* Lorenzo sacaba a Natalia de su ensimismamiento y ella se revolvía como si la hubiera llamado soberbia, diva, orgullosa. Los esporádicos ramalazos barrocos de Natalia de Miguel formaban parte de su involuntaria herencia cultural –todo lo que ella había aprendido sin intención de aprenderlo–, pero sus conocimientos del Barroco en sí eran superficiales. A veces Lorenzo tenía la sensación de que ella había crecido con una bolsa de plástico en la cabeza. Con un antifaz. Con tapones para los oídos. Inmersa en un palúdico –afiebrado, comatoso, alucinado– mundo interior. Para Lorenzo, Natalia era cada día más irresistible. Siempre procuraba tenerla contenta: «¿Dónde te habías metido durante todos estos años, mi niña?»

Desde que Daniel Valls había desaparecido y Charlotte Saint-Clair, su amantísima esposa, miembro selecto de la aristocracia financiera parisina –Place Vendôme, Diorissimo y lenguado *meunière:* la niña de Lorenzo olía a hierba húmeda y a panadería–, había salido haciendo angustiosas declaraciones en los informativos, la preocupación de Natalia por Valeria se había intensificado: «Es una mujer tan triste, Loren.» La Falcón no disfrutó del triunfo de la noche del estreno –«Eso sería pelusa»– ni de los ocho meses de éxito consecutivo. No se hizo gira porque Valeria se negó y

181

Natalia tenía otros planes, pero su antigua maestra ni siquiera se había mostrado afectuosa cuando Natalia la invitó a su enlace con Lorenzo Lucas. Leire, la hija del actor, se había tirado al cuello de su papá y con la sonrisa tirante le había dicho: «Papá, papá, ¡soy tan feliz!» Valeria arrastraba aquella tristeza, aquel malestar repelente, cuyo siniestro origen Natalia no acertaba a identificar. El negro hueso de melocotón que en otros artistas florecía en diferentes tipos de adicciones: «¿Por qué se drogan tanto los actores, Loren?»

Lorenzo Lucas, que con la convivencia había perdido el sobrenombre de cantante italiano del festival de San Remo –daba por ello gracias a los dioses del Olimpo cuyos atributos, nombres e idiosincrasias le había ido desvelando poco a poco a su mujer–, no quería darse de bruces con la respuesta a esa pregunta: insatisfacción, hipersensibilidad, foco, perfeccionismo, manipulación, tendencia al exceso, nerviosismo, inseguridad, inestabilidad, cambios bruscos, pestañas postizas, nomadismo, noche, vampirismo, promiscuidad, ladillas, funambulismo y sonambulismo, esquizofrenia, ventriloquia, falta o exceso de trabajo, precariedad, culebras en el estómago, agitación sentimental, madrugones, noctambulismo, licuefacción de la barrera –¡cascada!– entre lo privado y lo público, vanidad y síndrome del increíble hombre menguante, barra fija, anabolizantes, sobreexposición, histrionismo, flash, *clic, clic*, deslumbramiento, culto al cuerpo, fotos pasadas de luz o de sombra, dependencia, sensacionalismo, pluriempleo, exceso de inteligencia o debilidad mental, úlcera, ataques de ansiedad, insomnio... Ese desorden y esa vulnerabilidad no tenían nada que ver con la poesía del oficio: con la máscara agarrándose al rostro como una garrapata bebedora de sangre; con la angustia por no poder salir de un papel, llevártelo a casa y despertar pensando que eres Napoleón o Blanche DuBois; con el darlo todo, las abducciones extraterrestres y el no reconocer la propia imagen reflejada en el espejo. Idioteces. Versos malos y ripios en la profesión del actor. Las oscuras y falsas golondrinas de un trabajo donde la muerte prematura hacía su aparición cuando se perdía el hilo que conecta el fracaso y el éxito; cuando se olvidaba el significado de las palabras fracaso y éxito; cuando se perdía la conciencia del mundo en que se vivía; cuando la posibilidad de quererse se iba al cubo de la basura porque no quedaban lomitos que freír en la sartén. El caos en la mente del actor no es intrínseco al oficio, sino que está motivado por causas externas. Lorenzo rumió entre dientes: «Exógenas, mi niña.» Por fortuna, Natalia no le oyó. El caos en la mente del actor sólo se produce por razones internas cuando brotan esas enfermedades que afectan al recuerdo –¡Alzheimer!–, al equilibrio y control corporal –¡Parkinson!– o esas otras que nos afean tanto –¡Cáncer! ¡Viruela!, el estrabismo de Karen Black–. Lorenzo fue casi lacónico. Sólo encontraba una respuesta para su afición etílica: «Yo bebo porque me gusta beber.»

Tras el éxito de *Eva al desnudo* y la finalización del *reality*, Nina Magán llevaba la carrera de la estrella emergente: «Poquito a poco, Natalia. Debes saber que las cosas ya no son como antes.» El recién estrenado matrimonio no podía excederse con los gastos, pero Natalia tenía contratada una serie de televisión y un par de guiones cinematográficos en la mesilla. Estaba a punto de convertirse en musa del cine independiente. El marido manifestaba su desconfianza: «No dejes la televisión. Por si las moscas.» Habían podido marcharse del cuchitril de soltero de Lorenzo y alquilar un piso de ciento cincuenta metros cuadrados en Arturo Soria. No era la plaza de los Vosgos pero casi. Lorenzo Lucas estaba dispuesto a disfrutar porque, aunque él siguiese sin trabajo, la pareja estaba atravesando una buena racha. Y él tenía planes. Unos maravillosos planes para los que contaba con los ingresos de Natalia de Miguel: «Di que sí, mi niña. Nadie va a lucir mejor que tú la colección otoño-invierno en ese dominical.»

Nada era definitivo: la vida del cómico se caracterizaba por la trashumancia y la zozobra económica. Así que no era de extrañar que las conversaciones de la pareja antes de acostarse en su nuevo y enorme dormitorio enmoquetado –toda la decoración del piso tenía un toque años setenta– exhalaran efluvios elegiacos, mágicos y luctuosos: «¿Sabías, mi niña, que George Sanders *también* se suicidó? Dejó una nota diciendo que estaba aburrido del mundo.» Ella se tapó los oídos gritando «¡Epidemia!». Después por un instante temió por su porvenir, volvió a ver el rostro despersonalizado por la muerte de la última de la saga de los Falcones y acabó preguntando: *«¿También?»* Natalia temía que sus sueños se hubiesen hecho realidad y que Lorenzo se lo hubiera ocultado para no herirla. Temía incluso que sus sueños se hubiesen hecho realidad por su culpa. No es que Valeria Falcón no hubiese podido digerir el éxito de su apadrinada, sino que a veces las pesadillas pueden tomar la forma de un deseo que habría interferido, energéticamente hablando, en la materia de las cosas reales desencadenando una serie trágica de sucesos que culminaba con el suicidio de Valeria Falcón. Ahora Natalia veía los pies colgantes de Valeria, la entrepierna meada, la lengua al bies... «Mi niña, no inventes.» Lorenzo compartió con su mujer una información de última hora: «Valeria va a dejar el teatro.» Se encendió un pitillo que pasó por las narices de Natalia: «No será una gran pérdida.» Ella expresó su disconformidad haciendo un nudo marinero con los brazos. Él tenía ganas de seguir con la macabra conversación: «Cuando digo *también* no estoy pensando en Valeria.»

El *también* de Lorenzo no descartaba la posibilidad de que Valls se hubiese quitado la vida. Pese a la hipérbole y la mala educación del suicidio como acto –a Lorenzo le parecía una ordinariez por parte de individuos que se creían no sólo el ombliguito del mundo, sino también el hígado, el peritoneo y las cápsulas suprarrenales–, el histrionismo y la debilidad mental de Daniel Valls encajaban con el perfil del suicida. Lorenzo puso una de esas sonrisas malévolas que le habían ayudado a alcanzar notoriedad. Entonces, Natalia fingió estar muy asustada y, aunque ya casi no le quedaba carne, apoltronó sus huesecillos en el fofo corpachón de Lorenzón. Así permanecieron durante un buen rato. Muditos mientras Lorenzo se convenció de que Natalia –la *boicoteadora*, la princesa, la fumadora culpable, la napolitana de crema, la gordita televisiva que era una flaca real, la ingenua, la que daba zapatazos en el suelo, la *mimosona*, la fotogénica, la que preguntaba para no atender pero te hacía sentirte importante preguntando, la que hacía esfuerzos para no acumular demasiados conocimientos porque quería salvaguardar a toda costa su felicidad–, ésa, Natalia de Miguel, se estaba transformando en una gran actriz. Por un segundo, le picó la avispa de los celos.

Ahora que vivían juntos ni siquiera él podía asegurar si Natalia era una tonta natural o teñida. Si bajo su capa de espontaneidad se ocultaba una mujer que disimulaba a todas horas contradiciendo el lugar común de que el rostro es la máscara o viceversa. Tal vez por esa razón había bordado el papel de Eve Harrington. Pero a diferencia del gran Addison DeWitt, que a primera vista radiografía a la Harrington y le descubre el bolo del mal entre la primera y la segunda vértebras lumbares, Lorenzo aún no había conseguido sorprender a Natalia en un renuncio –una expresión maliciosa, una ausencia acompañada de una sonrisa inconveniente, una mentira– y comenzaba a sospechar que las fantasías respecto al reverso oscuro de Natalia funcionaban como mecanismo y tramoya para esconder el hecho incuestionable de que su mujer era tonta del bote. Si no, resultaba incomprensible que, en plena ascensión profesional, hubiese aceptado casarse con él. Y sin separación de bienes: «Tonta perdida», pensaba Lorenzo con orgullo e íntima satisfacción –«Me encontrará interesante, experimentado, turbio...»–. Lorenzo acurrucó más a Natalia dentro de sus lorzas. «¿Tonta del bote?», rumiaba Lorenzo. «¿O más lista que el hambre?» No quería barajar esa segunda opción porque entonces se sentiría manipulado. Aflojó el abrazo en el que mantenía recogida a su mujer. Volvió a estrecharla: el éxito de los matrimonios residía en no darle demasiadas vueltas a las cosas. Hipótesis. No pasarse la vida deshojando margaritas. Lirios del valle. Crisantemos.

Como contrapartida a la incomprensible generosidad de su esposa, Lorenzo Lucas, en la época de las cirugías, la gimnasia, la contención, los cigarrillos electrónicos, el yoga y la ortorexia, para añadirle un toque de encanto y transgresión a su insólito matrimonio, procuraba depravar –«¿Un pitillito, mi niña?, ¿una siestecita?, ¿un cocidito?»– e instruir a su esposa siempre que se le presentaba la ocasión. Así que tras su inquietante silencio, tal vez cuando Natalia ya había olvidado la grave ambigüedad de un modesto *también,* él retomó el asunto. Natalia dio un respingo porque se había quedado adormilada: «Charles Boyer, Jean Seberg, James Whale, Margaux Hemingway, Tony Scott, Lupe Vélez, Judy Garland, Marilyn...» Natalia interrumpió la retahíla: «¡Alto ahí! Lo de Marilyn fue un asesinato.» «Quién sabe, mi niña, quién sabe, tal vez el hombre tampoco haya pisado nunca la luna...»

El gesto de Natalia ante tales revelaciones se tornó indescifrable.

También ignoraba Charlotte Saint-Clair cuál era el paradero de su marido. Daniel había regresado a casa después de su conversación con Nina Magán. Pero no se había quedado allí demasiado tiempo. Charlotte le había agradecido que, derrotado, con barba de dos semanas, amarillento, abatido, necesitado de una completa puesta a punto, en el pico más bajo de su depresión, con la frente marchita, sin ilusiones, desolado, cabizbajo, taciturno, harapiento, tembloroso, agotado, inquieto, insomne, inapetente, desconcertado, huraño, alicaído, mohíno, macilento, deshidratado –«En definitiva, hecho un asco», testificó después su mujer ante la policía y los medios de comunicación– retornara al hogar.

Charlotte ordenó a Lucille, como una señorita Escarlata cariñosa, que cambiase las sábanas del lecho matrimonial, pusiera los manteles de hilo y escanciara el vino peleón que más le gustaba a Daniel en un bello decantador de cristal de Riedel. A Madame Valls se le formó un dibujo dentro de la mente: ese decantador de Riedel lleno de vinazo era la mejor metáfora para definir a su esposo. Luego, se dio cuenta de que había que dar la vuelta a la metáfora: su esposo era un botijo lleno de Moët Chandon. La bróker había estudiado el bachillerato en uno de los mejores liceos de París donde imparten las enseñanzas literarias con envidiables enjundia y prosopopeya, y era muy sensible a los matices retóricos y las figuras del lenguaje. Charlotte supervisó la preparación de la mesa y, recordando una biografía de Clarice Lispector que había leído durante unas vacaciones, puso pétalos de rosa en un cuenco de agua tibia para que el esposo, antes y después de trinchar los muslitos de codorniz con las manos y untar con pan la salsita, se remojara las puntas de los dedos. O se bebiese el agua de rosas en un momento de ignorancia o supina confusión. Echó la llave del cuarto de la vieja Urrutia para olvidarse de su presencia al menos durante un rato. La habitación estaba en la otra punta del piso de los Vosgos, y aunque la vieja se cayese de la cama, se arrastrara por el suelo y arañase los tabiques, ellos podrían conversar ajenos al ruido de los accidentes domésticos y al estertor de la muerte. Si la vieja falleciera esa misma noche, a los oídos del matrimonio no iba a llegar ni un lejano eco de su agonía. El vozarrón de Daniel taparía todos los sonidos que ella no había podido evitar oír cuando él estaba ausente. Charlotte rió. Estaba contenta por la vuelta a casa del esposo y porque se había empeñado en dulcificar su mundo: en la imaginación de la bróker filántropa, su piso de la plaza de los Vosgos había dejado de ser una maloliente residencia de la tercera edad con las paredes tan agrietadas y húmedas como el pellejo de sus habitantes, para transformarse en una misteriosa mansión con fantasma. La actriz emparedada, la muerta enamorada, la loca incendiaria de Jane Eyre...

El glamour literario de la cultura y las fantasías francesas de Charlotte todavía se mantenía en pie cuando su marido atravesó el umbral del comedor azul y, cortésmente, se acercó para besarle la mano. Daniel Valls, oso herido, hombre partido por el rayo, guerrero que volvía de las cruzadas habiendo perdido todos los combates, miró a su mujer y se dio cuenta de que la había mirado muy poco a lo largo de los años. Él creía que lo que le ligaba a Charlotte era su total entendimiento en el sexo. Su concepción del placer. Pero aquella noche el ganador de la Copa Volpi, corazón traspasado por la flecha, contemplando con detenimiento a la bróker filántropa, vio que su amor por ella no consistía en la rememoración infinita de las posiciones del perrito o del misionero, en la ceremonia del sexo como humillación y práctica de castigo donde cristalizaba el rencor de clase; no era que él al follarse violentamente a Charlotte, al ponerle la polla o el pie en la cara, al tirarle del pelo o al hurgar con las uñas largas en su rosado interior sin flores, capullos, crisálidas u óvulos –«¡Huevos!»– se estuviese pasando por la piedra al Capital y sus opresiones. La fortaleza de su vínculo no residía en el placer sencillo de experimentar esa opulencia que a veces le hacía aullar y dominar y dañar y poseer y darle la vuelta a la tortilla o al cuerpo de su esposa con un único giro de muñeca para azotarle el culete. Su amor por Charlotte no aspiraba a manchar lo que estaba íntimamente sucio ni a destripar los relojes o poner arriba lo que estaba abajo; no era arriba los parias de la tierra gracias a una fornicación injusta, poco generosa, que además a Charlotte parecía saciarla, aunque él a ratos dudaba mucho de que pudiese complacerla con su pene champiñón y sus maneras neandertales. No era nada de todo eso lo que vio Valls. Al contemplar a su mujer con cierto detenimiento entendió que su costilla a la parrilla siempre había sido para él *a touch of class*, una camisa elegante, el crecepelo que pronto necesitaría en la coronilla y en ninguna otra zona de su cuerpo hirsuto. En cuanto a Charlotte, para ella Daniel era una gota de Eau Sauvage, el bohemio pelo de la Dehesa, un gramo de tolerancia intercultural, interracial, interprofesional, interclasista. Él y Charlotte encarnaban el mestizaje y la confluencia de las sociedades líquidas, el *jazz fusion* y el eclecticismo gastronómico y las novelas posmodernas. La santa amalgama del agua y el aceite, del huevo –«¡Huevo!»– y la castaña. Los colores unidos de Benetton, el amor constante más allá de la muerte y su puta madre. Valls se desesperó, pero consiguió no traslucirlo porque era un actor muy bueno.

Cuando miraba a su marido, del fondo de los ojos de Charlotte manaba la gozosa saciedad posterior a una buena compra. De calidad. Auténtica piel de cerdo. Denominación de origen. Rioja. Jabugo. La bróker filántropa exhibía su cintura social, su curiosidad y su buen talante en el amor por los advenedizos.

Charlotte notó que Dan estaba raro, pero no le concedió demasiada importancia porque a menudo aplicaba esa ley de la sabiduría conyugal que dicta que, del mismo modo que por una pequeñez –apretar el tubo de la pasta de dientes por abajo, por arriba o por el centro– se puede desencadenar una tormenta irreversible, en los casos en los que se produzca un amontonamiento real de agravios o se cometa un acto verdaderamente significativo de la ausencia o la pérdida del amor, entonces, lo más conveniente es fingir que uno no se ha dado cuenta. Silencio. Levedad. La bestia herida retornaba al refugio y Charlotte, con su filosofía del encanto femenino, del callado poder de la mujer obediente y servicial en apariencia, de esa mujer que apoyaba en todo a su esposo y, sin embargo, en voz baja iba consiguiendo lo que quería sin imponerse nunca, la mujer que activaba sus aptitudes heredadas para adaptarse al medio, una sumisión depredadora, insana, con esa madeja de comportamientos que a menudo le había costado la recriminación de otras mujeres, que la acusaban de machista mientras ella protestaba al grito de que no era machista sino eficaz, Charlotte Saint-Clair, bróker, pero filántropa, mujer al fin y al cabo, iba a conseguir que él se recuperase. Venía de la guerra y el hombre necesitaba el amor de la esposa. El mimo. La veneración. La comprensión. Las atenciones. Las vitaminas. Los caldos de ave. Los reconstituyentes. Y si los paños calientes no sirvieran para la rehabilitación de Daniel, Charlotte guardaba en su recarga psicológica una bala mortífera. Guardaba una última palabra, más poderosa que su feminidad, y que nunca había hecho valer porque nunca había considerado necesario dar un golpe encima de la mesa: su marca de clase, su ascendencia, su abolengo, su pedigrí, su árbol genealógico, su escudo de armas, el monopolio de papá, su dinero. Charlotte Saint-Clair mantenía hacia su esposo una mirada que estaba dando mucho de sí mientras le invitaba a sentarse a la mesa con un amplio y eurítmico movimiento del brazo.

Ahora lo más importante era que, por fin, el esposo dejase de pensar en todas aquellas tonterías que le hacían daño, le debilitaban y le restaban la conciencia de sus privilegios y la opción de su felicidad. Una felicidad y una fortaleza que, paradójicamente, alimentarían a su campeón en su empeño por ayudar a los necesitados del mundo –«Es que de bueno es tonto»–. La bróker filántropa quería pasar un paño por los prejuicios de Daniel, por esas rancias ideologías que tanto lo perjudicaban, y modernizarlo. A la bróker filántropa le daba igual si las ideas de su marido eran erróneas o no; lo que no le toleraba era la tristeza, y esa emoción derivaba en un silogismo que Charlotte asumía como premisa vital: si está triste, es que está equivocado. No iba a reprocharle a Dan que hubiese acogido a una vieja catatónica en su propia casa. Lucille ya estaba conforme y ese buen talante de la *bonne* le restaba trascendencia a los inconvenientes que acarreaba su hospitalidad de gran señora. Sin embargo, no renunciaría a rehabilitar la imagen pública y profesional de su esposo. Para ello, había urdido, junto a Nina, una pequeña estratagema que expuso a Dan justo después de un postre que el ganador de la Copa Volpi comió con una desgana que no era frecuente en un hombre que solía comerse los flanes de un solo bocado y tragarse la vida como si la existencia fuese un mojicón, un *arancini* de Ragusa, un polvorón gigantesco que se mete en la boca diciendo *Pamplona* o *Zaragoza* o cualquier otra ciudad cuyo nombre contuviera muchos fonemas oclusivos, fricativos, implosivos o guturales. Casi cualquier topónimo desencadenaba en el comensal un atragantamiento parecido a la asfixia que también atoró las vías respiratorias de Daniel cuando escuchó a través de la boquita de piñón de Charlotte, más Saint-Clair que nunca, la propuesta de participar en una gala benéfica que, según su esposa y también según Nina, podría ser una buena forma de reintroducirlo como actor en el mercado.

Daniel Valls se sintió molesto ante la certeza de que Charlotte mantenía a sus espaldas conversaciones con Nina. Charlotte Saint-Clair quería que saltase con ella de la mano más allá del arrecife. La mítica escena de *Dos hombres y un destino*. Charlotte le proponía lanzarse al mar abierto desde la tripa del avión haciendo figuritas acrobáticas entre las nubes antes de abrir el paracaídas de colores. Charlotte quería que entrase con ella en el selecto club de las maravillas filantrópicas. Daniel resobó el filo dorado de su platillo de postre como si quisiera borrarlo convirtiendo en Duralex la vajilla de Santa Clara: «He disfrutado mucho.» Después levantó la vista para encontrarse con los ojos interrogativos y esperanzados de esa yegua rubia, que confundía la filantropía con el marketing y que no se lo había tomado nunca en serio.

Los ricos celebraban sus galas de caridad en espaciosos hoteles con moqueta roja y monumentales arañas de cristal. Lucían sus pieles estiradas, sus esmóquines, sus joyas, sus vestidos de corte sirena. Cenaban cigalas al vapor, *tempuras*, cócteles de vodka con tomates de casita de muñecas. Pujaban y pagaban treinta mil euros por compartir una cena con un actor famoso. Por darle un piquito a una cantante que maullaba como un siamés al que le hubieran pisado el rabo con el tacón de un Louboutin. Donaban quinientos euros para ordenadores y se hacían una foto subidos al escenario. Donaban quinientos euros para subirse a un escenario y hacerse una foto. *Clic clic.* Donaban quinientos euros para no ser un hueco en la foto de archivo del escenario. Un oneroso vacío. A Daniel le ofendió que a Charlotte se le hubiese pasado esa idea por la cabeza, pero a la vez se sentía culpable porque quizá él le había dado argumentos para que esa posibilidad no resultase extraña. Inverosímil. Absolutamente imposible. Aunque Daniel, al fin y al cabo un excelente actor, ahora, allí, bajo la mirada expectante de su yegua rubia, una yegua surrealista y sonriente, podía verse a sí mismo con el pelo engominado y la camisa abierta, marcándose unos pasos de baile con una dama rígida, dando un golpe con el mazo de subastas mientras exclamaba con euforia: «¡Adjudicado!» Después se reía con la boca pequeña entonando ese estreñido *ji ji* que a veces relumbraba en las boquitas pintadas de los mejores fingidores del mundo. De los más cínicos. «¿Sabrá *ma petite échalote* que es una cínica?, ¿sabrá *ma petite* que deberíamos cortarle la cabeza?» Daniel no pensaba en una decapitación prepotente y aleatoria al estilo de la reina de corazones, sino en una decapitación que fuese el resultado de la furia popular. Daniel era así, pero enseguida se arrepentía: «Estoy perdiendo el norte.»

Los ricos, en sus galas benéficas, con cantantes de saldo, cantantes que habían perdido la voz hacía lustros, lentejuela y caspa, peluquines, premios filantrópicos concedidos a excelsos ladrones, narcos, petulantes, defraudadores de la Hacienda pública que redimían sus penas donando quinientos euros para comprar ordenadores, para sanar enfermedades incurables, para rellenar cestas de la compra vacías como estómagos de niños de Biafra, para salir en la foto, los ricos y los riquitos exhibían su bondad celebrando sus obscenas y repugnantes galas de caridad, las damas de beneficencia imponían sus normas en la época de los edificios inteligentes, de las palmadas con que se enciende la luz, de la videovigilancia, de la ultraavanzada medicina forense y de los robots que operan próstatas cancerosas. Las damas de beneficencia, travestidas en actores de éxito, se esfuerzan, se preocupan, no pueden dormir por las noches, comen lexatines, orfidales, trankimacines, atarax, dormidinas, m&m's, conguitos, se lo comen todo, a sus hijos, a sus caniches, a los peces de colores de sus inabarcables peceras, para que nada cambie: los ricos buenos se preocupan y hacen felices a esos pobres que viven en roulottes, chabolas o en el piso de los abuelitos, y aguan la leche del desayuno de sus criaturas. Los pobres aguan la leche de sus criaturas porque, cuando ellos eran pequeños, sacaban malas notas en la escuela, porque habían sido indolentes, vagos, puede que hasta viciosos.

Daniel era el ejemplo vivo de que el que quería podía y a la vez las neuronas se rebelaban, echaban chispas, se cortocircuitaban dentro de su cráneo para gritarle que las galas de caridad de los ricos eran una de las sumas expresiones de la impudicia y la violencia humanas. Mucho más violentas que la violencia revolucionaria. Mucho más violentas que las ejecuciones de los animales vertebrados en los mataderos municipales. Daniel apretó los puños –olvidó levantarlos– al recordar el dicho de que por la caridad entra la peste. La peste del dicho son los pobres que se aprovechan. Los pobres son la lacra y la enfermedad. Los bubones de las ratas. Todo, todo era repugnante y hoy el ganador de la Copa Volpi vomitaría dentro de ella y formularía el deseo de que ojalá la peste fueran de verdad los sirvientes gorrones y dañinos, encubridores, fatuos, los criados de Tom Jones y los vampiros de Losey, los que al poner la manita para pedir limosna escupen, matan, roban, peste negra y fiebre amarilla que lo

194

arrasa todo con sus pañuelos grasientos y sus bocas melladas y sus riñoneras para guardar las piltrafas, las sobras, el cambio que han obtenido con sus voces suplicantes... «¿Por qué me metes en ese saco, Charlotte? ¿Por qué me quieres hacer esto? ¿Por qué me tratas así?» Las preguntas se quedaron en la garganta de Daniel Valls formando un nudo de congoja verdadera. Un espacio en blanco.

A punto de echarse a llorar, Daniel se contuvo o se olvidó o se olvidó para contenerse o se contuvo para olvidarse. *«C'est pas la même chose, ma petite échalote.»* De repente cayó en la cuenta de que no había visto en ningún momento a la Urrutia. Temió que Charlotte, de algún modo, se hubiese deshecho de la olvidada gloria patria. Ya le daba lo mismo. «He disfrutado mucho», volvió a pensar. Rozó el filo de la mandíbula, la carita pequeña y gatuna de Charlotte, con una dulzura que a su mujer le pareció inhóspita: «Ay, mi amor.»

Después se levantó de la mesa y Charlotte ya no volvió a verlo nunca más.

RUIDO BLANCO

Julita, Julita, Julita. No me dejes sola. Otra vez aquí en mitad del parque. No me dejes con la sopa amarilla de los lunes. Ni con quien me paga la asistencia. Una vez estuve en la plaza de los Vosgos, Julita. Comiendo *jambon*. La francesa rubia no me ponía veneno en el vino. Miedosa. Habría querido echarle matarratas, pero ella temía mi ojo de serpiente, entreverado, medio abierto, vigilante del veneno de dentro de la sortija. El vino era excelente, Clicó, clicó. Y yo me meaba encima por el gusto de mearme y que me pusieran el talco blanco de París. La rubia me miraba sin

195

cariño, cada día, más acurrucada, escueta, comprimidita en sí misma, hueso. La rubia era más delgada que su sortija de oro en el dedo meñique. Yo, Julita, estaba en los Vosgos y cantaba canciones que no sé dónde tenía guardadas. De dónde saldrían. Cantaba *entremuelas,* canciones sonajero, cuplés, zarzuelitas, para no olvidarme de mi nombre, mi apellido, mi lugar de nacimiento. Mi profesión. Actriz dramática. Empecé sin vocación. Yo quería ser jueza o fiscala, una mujer togada en el hemiciclo. Tengo, por tanto, Julita, mucho más mérito. Conozco la plaza de los Vosgos. Aquel jardín no tiene enanos. Estuve en París muchísimas veces. No me dejes sola, Julita. En esta apartada orilla, sólo Dios debería pagarme la asistencia y la sopa amarilla de los lunes. Dios, el mismo Dios debería llevarme a mi piso y decirle a la rubia que viniese a darme la sopa. Y calladita. Tengo tantísimo frío. Dios debería invertir en mí sus ahorros. Pagármelo todo. La salud. El tabaco. Los viajes que vamos a hacer juntas alrededor del jardín, Julita. Porque yo te querría decir, aunque no pueda, con mi ojo entreabierto de verde serpiente, que ya no habrá más giras por provincias. Ni Buenos Aires. Ni el DF. Ni La Habana. Ni Santiago. Pero dime, Julita, míramelo en el centro del ojo y deduce la pregunta como una detective, quién me paga este lugar lleno de enanos de cartón. Me caes muy simpática, porque estás más loca que una cabra loca y que todas las cabras juntas, madres e hijas. En los aquelarres. En los Vosgos —lo reconocí enseguida— me encerraban en la habitación de la mansarda y luego llegó Valls, el presuntuoso, y ni una vez entró en el cuarto para comprobar si estaba viva o muerta. Ni me tocó con un palo desde lejos como se toca a las alimañas, a los excrementos con lombrices —Macoque no está— o las trampas de ratón para que salten y los nenes no se pillen los dedos. Valls, el presuntuoso, no entró a verme ni siquiera

196

una vez, pero yo le oía. Aullaba por las estancias, los pasillos, las habitaciones. Luego se marchó y ya no le oía el resuello ni los suspiros. Tampoco oía las palabras malsonantes que la rubia iba diciendo en voz baja. La voz de la rubia era una cuerda para colgarse de una viga. *Doucement. Doucement. Doucement.* Se me pegan los dedos a la voz de la rubia que es un asqueroso, rosado, artificial algodón de azúcar de la feria. Julita, yo sé que la falconcita paga. O tal vez paga la rubia que no conozco. Pero Dios, escúchame bien, Julita, debería pagar desde su mandorla abierta. Con sus cálices de oro y sus frescos de Miguel Ángel y sus sagrarios y sus casullas y sus panes de oro. No tiene dinero la falconcita. Y es una antigualla. De casta le viene al galgo, mentiras, Julita, los refranes son mentira, al galgo no le viene nada de ninguna parte, lo ahorcan en las ramas de los árboles, cruelmente, yo le tapo los ojitos a mi perrita Macoque para que no lo vea. Ojos que no ven, mentira y mentira. Siempre quise al peor de los hombres, hasta cuando se murió le quise. Yo no tengo ni casta ni galgo y me acabo en mí misma y fui y soy y seré de las mejores. Ahora le hago a la *falconcita* burla con mi ojo entreabierto de serpiente verde. *Ba-ba-ba.* La buena Falcón, la buena de verdad, era la hija de la gran puta de Laurita. Espesa, espesa, espesa. «He dicho profunda.» Espesa, dijo espesa. La muy hija de puta con su Fabián para arriba y su Fabián para abajo. Con sus autores afeminados que le escribían obras especiales. Y tan elegante. Yo nunca fui elegante. Para qué quiere una actriz ser elegante y tener las venas del cuello como cuerdas tensas de violines. Yo me vestía y de repente las perlas, los boas, las tocas de monja, todos los miriñaques y oropeles se volvían vulgares. Aquel tocado de plumas de avestruz, Julita. Me salió caspa y aún en el casquete deben de quedar esas escamas de mí. La muda. La ninfa de mi cabeza de insecto. O de serpiente venerable. Si hubiera sido egipcia, Julita, me sacarían el hígado de su hueco, los sesitos, los riñones, los intestinos, y los pondrían en vasos canopos, me vendarían de arriba hasta abajo, me colocarían encima una pirámide y, después, en los salones del Museo Británico alguien adivinaría el brillo de mi ojo entre las estrías del sarcófago pintado de figuras geométricas. O tal vez descansaría en el Louvre, no tan lejos de la plaza de los Vosgos. A Laura la meterán en un nicho y allí recitará los versos de Ofelia y Dios la elevará a los cielos como si alguna vez en su vida hubiese sido una buena persona. La gran hija de puta. Boquifresca: espesa, espesa, espesa. «¿He dicho espesa? No, no, no. He dicho profunda.» Boquifresca y cariadelantada. Chúpate ésa, Julita. Una aprende aunque no quiera aprender. Laura Falcón. Tan segura de sí. Tan lista. Tan despegada de la falconcita y de mis manos que con las púas del peine le metieron venenito hasta el fondo de los sesos y la médula espinal. A Laura no le importa, Julita. A ella le da igual. Sabe que la falconcita es diminuta. Que no merece la pena. Y yo, espesa. La boca se alfombra de esparto después de la resaca. Espesa de saliva espesa o de la lengua tan gorda como un trozo de hígado crudo. Un trapo mojado. Una papilla que se espesa con harina. No tengo hijitos para darles engrudo por el pinchazo de la boca. Me gusta el whisky y la ginebra y el amor de aquel peor de los hombres que sólo se casaba con *vedettes* o actrices del destape. Con corsés de lentejuelas y piernas que les salían de debajo de los sobacos. A mí no me quería de esa forma. Yo nunca olí como aquellas mujeres que se distinguían a leguas de distancia: huele a mujeres, vienen mujeres, son mujeres. Yo ni sé lo que he sido, Julita. Machihembrada. Cejijunta. Barbinegra. *Culibaja. Pechibreve.* Me quito los pelos del bigote con las pinzas. La monja alférez. Prefiero a Calderón. Prefiero a algún dramaturgo italiano de cuyo nombre no me acuerdo.

198

Soy, Julita, vergel del pelo y del amor. Me gustan los hombres y los niños. No los hijos. Ni los hijos de los hijos. Los niños aspirantes al trono que fuman, retadores, echándome el humo a la cara. Unos azotes en el culo. No soy la mujer madura que instruye a etéreos púberes del aire hueco de los púberes. Su mamá enseña, alimenta, alivia. Yo me los como. Yo mando. Yo espoleo. Gobierno como la abeja o la lombriz de las ciruelas. No recuerdo ninguno de sus nombres. Un, dos, tres. Un bollito de limón, uno de chantilly, uno de almendras amargas. En esta apartada orilla, juro que no volveré a pasar hambre y que nunca, nunca, seré como Gloria Swanson. La falconcita sí es, sí, un poco Swanson. A ella también le pagó Dios las exequias. Pro-nun-cia-ción, dice Valeria. Cuando viene a verme pongo cara de buena persona. En la medida de mis posibilidades. Abro un poco más el ojo entreverado verde y tenso la sonrisa. No querría verme reflejada en el espejo. Pero, Julita, tú no me dejes sola con la sopa amarilla de los lunes. Los viernes, arroz con leche. Y barquillos para la perrita Macoque. Que no venga aquí, que no la traigan para que se la coman los enanos de cartón. Julita, diles que no. Eres tan simpática. Que la tapen con su mantita y que le vayan arrancando los dientes uno a uno. Cuando se le muevan. Yo me comería a la perrita Macoque de lo mucho que la quiero. Me comería las costillitas y las orejitas y la lengüecita rosa de perro. Y ahora, Julita, quién nos mira. Quién nos quiere. Quién nos escuchará. Quiénes somos. No digo, Julita, debajo del maquillaje o de los afeites de la representación. Quiénes somos encima del escenario. Quiero saber quiénes somos donde siempre hemos sido. Ahora. A mí no me interesan los pijamas ni la piel limpia ni el cuerpo que se esconde bajo los leotardos del vestuario de una comedia. Quiero saber a quién podríamos concederle una entrevista. De qué sirve guardárnoslo todo dentro de la vaina. Porque ahora somos las piezas del Museo Británico o del Louvre. Temo, Julita, que todo se ha quedado más viejo que nosotros mismos. Las piedras del anfiteatro. La cuarta, la quinta, la sexta pared. Más viejo que nosotros mismos, hoy, que vuelven los saltimbanquis y los bufones de la corte y hemos perdido los rayos que salen desde detrás de las nubes y son los pelos de Dios. Tenemos que pasar el platillo después de la función. Tocar la pandereta. Aprender contorsionismo y acupuntura y patinaje artístico. Yo me maquillo sola antes de las funciones. Los rabos. Las sombras. La fila tupida de pestañas postizas sobre mis dos ojos móviles. Los de entonces. Hoy, mira al enano, Julita, todo se ha quedado tan antiguo. Las tramoyas. Las verdades. Hoy son las mentiras las que fingen ser verdad. Nos están engañando, Julita, porque sigue siendo verde la sopa de los martes y púrpura la del domingo. Y existen las naranjas y los limones y nada se ha quedado viejo, sino que lo viejo es el hoy. Más viejo que la tana y la tarara y los matusalenes y los vendajes con los que me hubieran debido amortajar de arriba abajo. Nos quieren engañar. No me gusta ver a la gente reír a mandíbula batiente. Quién presta atención. Los muchachos prestan atención a los objetos líquidos, al aire, a las antenas, a las esferas transparentes o a las cosas que se exhiben detrás de los cristales. Por eso, Julita, dile al enano que no me toque. Que ni me roce siquiera. Hace ya tiempo cerré la herida por donde yo mataba y comía y me aburría. La herida del bostezo de mi sexo. Dile al enano que ni se le ocurra tocarme. No estoy ensayando. No me creo un personaje. Le estoy hablando sin tapujos. Seriamente. Como siempre hablé hasta cuando yo interpretaba a Lady Macbeth o la dama de las camelias o Isabel la Católica. Asumo mi responsabilidad para hablarte desde arriba y nunca, nunca, nunca, me rozo con mi público. No hago payasadas en la calle. No interactúo –qué palabra es ésa, Julita, las serpientes no la conocemos–: actúo y he de colocarme en otra parte para que tú entiendas unas cuantas cosas. Después bebo porque quiero y porque me da la gana y porque estoy arriba, pero te necesito, a ti, que siempre has sido tan, tan jodidamente ignorante y superflua y amarilla. Pero muy simpática, Julita. Tú y yo y los enanos nos besamos con violencia y, después, nos damos asco. Mantenemos una relación pornográfica. Aunque yo no sé quién es la puta. La mujer de la tercera fila. La puta, la puta, que no sabe que es puta y que el que paga manda. Yo me rebelo. Y me rebelo y me troncho por la mitad del cuerpo y me desgañito y me desaparezco y me quedo sola en mi casa y, de pronto, se apagan las luces de todos los sitios. Las de dentro y las de fuera de una cabeza sana que siempre es mi cabeza. No tienes más que mirarme en el fondo verde de mi ojo de serpiente entreverada no como el tocino rancio, sino como la irisación de una piedra de playa que aún está humedecida por las olas del mar y, por tanto, es hermosa. Cuando las piedras del agua se secan y pierden el brillo, se vuelven tierra. Pisapapeles. Orinales del terrario. Los niños ahora crían serpientes en las esquinas de sus habitaciones. Qué hemos hecho mal, Dios mío. Y Laura Falcón, qué elegante. Que se la coman los paneles del armario. El doble fondo. Las curvas ganchudas y asesinas de las perchas. Yo he olvidado todos los monólogos y las recitaciones, pero todavía sabría curarle a un perro sus ojos enfermos y ver en el rostro de los seres humanos fantasmas de animales. Puercoespines, perros labradores, comadrejas, cerdos truferos. La rubia ratita de laboratorio le pidió a su *bonne* que me preparara la bolsa y me trajo aquí, de vuelta, y me quitó el vino de los labios. Estaba bueno. De pronto, los ojos de la rubia se le tacharon de la cara con un trazo oscuro y una arruga incomprensible se le marcó en mitad de la frente. Y yo fui castigada porque me quitó el vino de la boca esa rubia a quien yo nunca conocí. Quién era ella y por qué me dejaron sola entre personas extrañas. Yo tenía todo el día la cabeza agachada. Por si las moscas, Julita. Veía los palos con que pegaban a los perros. Mañana es jueves y toca la sopa verde y la falconcita vendrá para escuchar mis mentiras y yo ya me harto de tanta conmiseración. Conmiseración, Julita. Seguro que Laura aún recuerda sus parlamentos de cotorra y anda por la calle muy estirada con una elegante chalina y el cabello sedoso y ahuecado. Yo tengo caspa por culpa del tocado de plumas de avestruz y me fumaría veinte cartones de tabaco negro. Pero ya no tengo pulmones. Retiraré la mano del roce de los dedos de Valeria. A tus cosas, chica. Vete a tus cosas. Habla más deprisa. Dile a tu tita que te enseñe a vestirte y a mover las manos como pájaros. A ser una pizquita más cursi. Entrañable. Menos trascendental. Me gustaría decirle que eres tan simpática, Julita. Con el ojo de serpiente verde que me queda abierto. Me lavaría los dientes ahora que todo el paladar me sabe a pobre. A saliva de pobre. A lavado de pobre. A veces distingo a un hombre gordo y sucio que me mira de lejos. Su cara me suena, pero no lo conozco. Es un cartonero. Un mendigo. Un hombre del saco. Me mira de lejos y yo me escondo detrás de la manga. No me dejes sola, Julita, porque los niños son muy maleducados y corren entre las mesas y gritan como furias desatadas, como animales pequeños, que chillan a una frecuencia de velocidad supersónica que se me mete en la cabeza. No sabes qué miedo me dan los niños, Julita. Los que cortan el rabo de las lagartijas y matan gatos y perros y escolopendras. A mí también me duele la cabeza de todas las palabras que querría decirte y no te digo. Y te aburres, Julita, hablando sola por el jardín. Los niños pueden tirarnos al suelo, Julita. Debemos tener mucho cuidado. Llévatelos de aquí. Inmediatamente. Fulmínalos. Tú y yo ya no tenemos nada que perder. Ya nadie puede atarnos los brazos a la silla eléctrica ni sacarnos el colodrillo por los ojos. Méteme en tu pantalla, Julita, y desenchufa el aparato. O dime qué día trazamos un plan y matamos a los niños y a los topos que destrozan los parterres. Y a estos enanos que nos la tienen jurada. Y se ríen, pero nunca, nunca nos regalan rosas. Ni aplauden cuando llega el final de la función.

PUREZA

Mariana empanaba las pechugas. Primero les quitaba la grasa cortando los bordes con un cuchillito. Después las salaba y les echaba pimienta negra, ajitos troceados y las dejaba macerar en limón durante unas horas. Después las cortaba en tiras finas y las pasaba por el huevo batido y el pan rallado. Por último, las freía en aceite muy caliente y las dejaba escurrir en una bandeja forrada con papel de cocina. A Mariana Galán nunca se le habían caído los anillos. Era una intelectual que freía pechugas de pollo y limpiaba el váter y dejaba las sábanas de la cama bien estiradas. Era una actriz que, gracias a su persistencia y su chispa, a su aparición en series de televisión, había logrado a veces cierta notoriedad entre el público. Después la gente va borrando tu nombre de su archivo mental. Les suena tu cara. Tu voz. Otros te recuerdan eternamente. Nunca se sabe. No pasa nada. Mari creía que una empezaba a ser de verdad útil cuando la habían olvidado del todo.

Experimentaba cierta satisfacción. Algo de orgullo. Incluso felicidad.

Mariana llevaba empanando pechugas de pollo desde los años sesenta. Fregando los azulejos y leyendo a Pasolini, que le enseñó algunas cosas de los pobres. Ella guardaba una exigua cartilla de ahorros en una cómoda que empezaba a oler a rancio por muchos membrillos que le metiese dentro. Quería sacar del banco su dinero, pero todo resultaba extremadamente difícil. Tanto para ella como para Adolfo, personas intrépidas y desvergonzadas en muchos aspectos, la burocracia, rellenar un papel, cambiar una domiciliación, reclamar, comprobar una factura de la luz, era sentir un nudo corredizo contra la nuez. No sabían, no podían. Asfixia. Úlcera. Sudor en las manos. Nunca encontraban la ocasión para desempeñar esas funciones. Tampoco se habían preocupado demasiado por lo que iba a suceder cuando fueran viejos, es decir, más viejos que ahora, viejos de no valerse. Andadores, tubitos de oxígeno en la nariz, corsés ortopédicos. Mariana defendía una teoría: «Somos niños hasta los cuarenta y a los cincuenta ya nos preocupamos de las cosas de los viejos.» La jubilación, el consultorio de la seguridad social, no pasar frío. «Pueriles y seniles con diez años de lucidez intermedia. Y no hay más, Fito, no hay más.» Mariana lo decía sin amargura. Lo decía y, al decirlo, se relajaba y se olvidaba hasta cierto punto de que sólo Adolfo había pagado la cuota de autónomos. Para pagar la de Mariana nunca había llegado y ahora ella se preguntaba qué sucedería si no se moría antes que él. A veces bromeaba con su marido: «Tú no te preocupes, Adolfo, que seguro que la palmo antes que tú...» A él no le hacía gracia. A ella tampoco. Pero disimulaba como una auténtica profesional y le cantaba una canción que alegraba y teñía de negro su matrimonio: «Fito, Fito, Fito, vas a tener que asesinarme, con mucho cuidadito.» Mari movía los hombros, agitaba las manos, se mordía los mofletes por dentro de la boca. Parecía que la rodeaba una nube de plumas de marabú. Pero lo que llevaba puesto era una batita y el delantal.

Mariana se chupó el dedo. Le había saltado un poco de aceite. Se había quemado: «No es nada, no es nada.»

Se acordaba de los apartadillos que hacía su abuela para regalarle un pichi o una pulserita. Desde que habían envejecido, hablaba con Mili de las abuelas. Se acordaba del delantal negro. Dentro del bolsillo, los fósforos eran un tesoro. Como si su abuela hubiese vivido el hurto o la invención del fuego, porque nunca se supo qué paso con el fuego, con su nacimiento y su título de propiedad. Mientras empanaba pechugas y pasaba la bayeta por los fogones –Mari renegaba de las vitrocerámicas– para limpiar la grasa, se acordaba de su abuela que fue pobre y buena persona. Otros pobres habían sido más malos que la quina porque la pobreza no garantiza la posesión de corazones de oro ni de bandas de buena conducta. Su abuela era una pobre utópica, una pobre de estampita, una pobre de Navidad, y luego había otros pobres corrompidos hasta la médula por el libre comercio, el *laissez faire, laissez passer*, el capitalismo y las pantallas de plasma... «Ay, Pasolini de mi vida», rezó Mariana como quien recita una oración al niño Jesús. Se pondría una medallita de Pasolini al cuello, se la sacaría del escote de vez en cuando y le daría besitos para devolverla enseguida al calor de su escote de cuya profundidad nacería, de pronto, un pollito anaranjado. Se pondría una medallita de Pasolini al cuello y, acaso, en sus años mozos se hubiera hecho un relicario con una página musical de Kurt Weill y Bertolt Brecht.

Sonó el timbre. Mariana se limpió las manos contra la tela del delantal. Abrió sin tener la precaución de colocar el ojo sobre la mirilla y su mirada tropezó con un torso que tenía la misma curvatura de un barril de amontillado. Levantó la cabeza para reconocer en la cúspide de aquel cuerpo la sonrisa tirante de Lorenzo Lucas. Le brillaba la cara.

Era de un color dorado verdoso –de pega– como un gato de la suerte de los chinos: «¡Loren! Pero pasa, pasa, ¡que se me queman las pechugas!» Mari, más encogidita, conservaba una chispa eléctrica en cada ojo. Y un reojo muy interesante: «Pero, hijo mío, Lorenzo, ¿dónde estás, quién se te ha comido? Si no pareces tú...» Él la abrazaba y ella no se resistía. Otras mujeres minúsculas y osteoporósicas habrían protestado. Que me ahogas. Que me matas. Pero a Mariana le gustaba que la achuchasen y no era fácil de quebrar. Lorenzo la comenzó a admirar cuando ella y Adolfo se pusieron al frente de una de las primeras huelgas de actores. Pretendían hacer sólo una función diaria. Cobrar los ensayos. Reivindicaciones de cajón. Los detuvieron. Lo pasaron mal. Algunos amigos los abandonaron, pero recibieron apoyos de otros que no se metían nunca en política. Lograron sus demandas. Fue una época difícil. Cuando, sin querer, a Mariana la memoria le resbalaba hacia atrás –se resistía a que la goma de la nostalgia tirase de ella–, recordaba a quienes dieron la cara por ellos. «La Garrido, Prieto, Álava... Quién lo hubiera dicho, Loren.» Aquellos nombres se pusieron de su lado por motivos incomprensibles. «Estamos juntos.» Y la chispita eléctrica de los ojos de Mari emitía destellos verdes y aturquesados. Luces de linternas en una profundidad abisal. Mariana Galán activaba una memoria selectiva, confortable, y casi nunca pronunciaba los nombres de quienes no los acompañaron ni en sus demandas ni en sus penurias: la Urrutia, las Falcón –Elodia y Laura–, el mismo Lorenzo... «Anda, anda, pero si tú eras un chiquilín. Cómo te ibas a meter en esos líos. Quita, quita.»

Muchos estuvieron juntos –«¡Y lo estamos aún, Loren!», protestaba Mari–, al menos durante algunos años más allá de las zancadillas que siempre se asocian con la farándula. Echar laxante en la cena de un primer actor al que sustituye un chiquilicuatre que ha memorizado el papel. Milagro. La segunda vedette empuja por las escaleras a la primera vedette: «Se le habrán enredado las plumas a los espolones», «Un lamentable desvanecimiento... ¡Come tan poco! ¡Es un pajarito!» Mariana aseguraba, con la mano sobre su tetilla caprina, que esas traiciones eran falsedades. Lorenzo se cabreaba cuando Mari se pasaba de buena. «Son buena gente, Loren, buena gente», pero mientras repetía su cantinela con su acento más encantador, Lorenzo creía ver a la Mari que se escondía detrás de la cara de Mari, la que cruzaba los dedos contra la rabadilla, la Mari que más le gustaba al susurrarle con un lenguaje mudo: «Amigos hasta en el infierno, Loren. Hasta en el infierno.» Le susurraba con su lenguaje mudo: «No se puede ser bueno a lo tonto, Loren.» Le susurraba: «A veces ser bueno consiste en ser muy malo.» Le susurraba: «Sin parecerlo, Loren. Sin parecerlo.» Todo se lo decía Mariana con su chispa eléctrica y, entonces, definitivamente, Lorenzo notaba cómo el fondo de los ojos se le había puesto a la mujer amarillo limón. Veía el tigre. Mariana era poderosa: había sobrevivido durante años metida dentro de una rana de felpa en un programa infantil. Y no había proferido ni un lamento. Posiblemente él hubiese asesinado a todos los niños del mundo. En un acto de justa venganza.

Hoy las cosas habían vuelto a virar en otra dirección. Mariana apagó los fogones: «¡Hijo mío, estás de buen año!» Lorenzo se golpeó el mondongo: «Estoy como un tocino, compañera.» Ella le trajo una cerveza y unas patatas fritas: «Para que te sigas cuidando...» El hombretón asintió y sacó un sobre del bolsillo de su americana: «¿Y esto qué es?» Mariana despreocupadamente cogió el sobre, pensó en fotografías viejas, buenos momentos, pensó en las veladas en el café del teatro, en las reuniones a principios de los setenta, en disfraces absurdos, en una de las bodas de Lorenzo Lucas, en la pobre Matilde y en la pobre Leire —«¡Papá, soy tan feliz!»—, en un estreno, en una caracterización risible... Toqueteó el sobre, lo abrió, se puso pálida. Dinero. Mucho dinero. «Cincuenta mil», contabilizó Lorenzo Lucas.

Al principio, el émulo de George Sanders había pensado darle dinero a Valeria para que se lo gastase en el asilo de la Urrutia. Pero se arrepintió al recordar el tacto pedregoso de la piel de doña Ana. Tampoco le había gustado el comportamiento de Valeria con Natalia y, de algún modo, responsabilizaba a la Falcón de cierto entristecimiento de su niña. De los negros pensamientos que de pronto la asaltaban. Todos desempeñaban un oficio peligroso. Pero algunos eran más vulnerables. «Cógelo», Lorenzo imaginaba lo que sus amigos podrían hacer con ese dinero. Nada luminiscente. Nada pop. Nada revival. Nada endogámico. Nada plomizo ni pedante. Dos actores charlarían con gracia alrededor de una mesa. El montaje llegaría a un público cómplice —siempre idéntico a sí mismo— y contaría cosas. Fito y Mari bordaban ese tipo de espectáculos. Encontrarían una sala con facilidad. Obtendrían un pequeño beneficio económico. A lo mejor ya no se tenían que preocupar por nada. «No podemos tener miedo de la gente», le había dicho Mariana a Lorenzo en muchas ocasiones y el joven actor había detectado el reverbero amarillo de la chispa eléctrica oculta en los ojos de la mujer madura. La vertiginosa e incandescente chispita que logra prender el calentador del agua. Cuando Mari aludía a la gente, Lorenzo volvía a desconfiar de ella. Aunque había decidido olvidarlo. Sobre todo ahora cuando le preguntaba: «Pero esto no será caridad, ¿verdad, Loren?» y él veía que a la mujer le temblequeaban las manos y la voz, como a las ovejitas luceras, y posiblemente ya no estuviese muy bien de memoria. Todo se le perdonaba a Mariana.

Hasta ese amor por la gente, que a la fuerza tenía que ser falso, amor por la gente, por todo el mundo. Un amor obcecado y omnímodo que en realidad no le hacía daño a nadie. O sí.

A Lorenzo tampoco le salían las palabras: «Es para gastar, Mari.» Ella le puso cara de boba y él le paró el tremblequeo de las manos: «Para gastar en teatro.» Mariana extendió los billetes como los naipes de una baraja española. Tenía una excelente combinación de figuras entre las manos pero aún no entendía bien cuál era el juego. Ella siempre había hecho apuestas con garbanzos en la brisca, el cinquillo, las parejas de tiroleses, indios o esquimales. Con sus nietas. Ahora Lorenzo no alcanzaba a ver de qué color era la incandescencia de los ojos de Mariana. Un filamento mojado: «Es para ti. Si tú lo quieres. Lo tienes que querer.»

La mujer se relacionaba con el dinero como con la comida: no se puede tirar a lo loco, los restos se guardan en un *tupper*, la grasilla de los platos se rebaña con el pan, lo que no mata engorda. El dinero, como el pescado, era imprescindible para la buena salud –fósforo, fósforo, necesitamos mucho fósforo– y había que consumirlo fresco. No había que acapararlo, sino disfrutarlo. Meterlo inmediatamente al horno. Alimentarse bien.

«Loren, ¿es tuyo?» El gran actor de La Elipa con los ojos vergonzosamente humedecidos, empático hasta la médula con Mari, reblandecido y ñoño, pensó en Natalia. Hoy estaba en Roma rodando un spot de perfumes. Cuarenta kilos, piel de porcelana, rubia natural, susurrando en francés el eslogan de una fragancia de vainilla, bergamota y rositas de pitiminí. Luego iba a rodar una película de terror para público adolescente que producía la misma televisión que la había contratado para hacer de princesa. También le habían ofrecido un papel en una serie ambientada en el medievo.

Él la esperaba en casa y, cuando ella volvía, cada vez menos pizpireta, Lorenzo ya le había preparado una tortilla de chorizo que Natalia despreciaba –«¡Esto es un acto terrorista!»–, pero por la que mostraba una gratitud evidente en el estruendo de las tripas y la salivación. La voracidad y, pronto, un vómito, trescientos cincuenta y siete abdominales, un sueño profundo. «Duerme, mi niña, duerme», Lorenzo le acariciaba el pelo a Natalia de Miguel. Se veían poco y casi no follaban. Comían, vomitaban –ella vomitaba–, se hablaban con diminutivos. Natalia, ojerosa, estaba dejando de ser una niña divertida. Eran raras las parejas eternas de actores –Newman y Woodward–, la fidelidad de las cigüeñas zancudas o los mirlos azulados. A Lorenzo incluso le producía cierta vanidad responder al estereotipo del actor promiscuo y picaflor. No sabía cuánto más iba a durar su matrimonio. Cuándo Natalia le pondría en el cuenco de la mano su calabaza amarilla. «Eres majísimo, pero como me veo forzada a echar a alguien...» O cuándo él ya no tendría nada que decirle. Ni siquiera un chascarrillo. Cuándo dejaría de verla de tan escuálida y ausente. No le importaba mucho: «Es dinero mío, dinero de mi mujer, dinero de los dos, dinero del teatro.» Ella lo miró otra vez con ojos de ternera degollada. Lorenzo no terminaba de creérsela, pero, en un segundo, a Mariana la chispa se le azuló completamente: «¿O es que no te acuerdas, Mari, de que los cómicos somos comunistas?»

También Mariana había hecho anuncios de limpia-hogar general y analgésicos, y había interpretado papeles de chacha súcuba y se había pasado años metida dentro de una rana de felpa, había ahorrado y después, con la imagen destruida para los exquisitos pero más popular que nunca, había invertido sus pesetas en subirse a un escenario y preparar un monólogo que a los exquisitos no les había acabado de convencer porque argüían que la actriz estaba contaminada por los tics de la televisión: «Parece que espera oír las risas enlatadas para decir la frase.» En cuanto al otro público, el que había ido a verla porque le encantaba la inteligencia popular de la chacha, lo lista y lo humana y lo divina que puede llegar a ser la gente sin estudios superiores, una parte de ese público se había dormido, mientras que otra había visto defraudadas todas sus expectativas. Los otros, otros, otros, otros... Ésos eran los que le interesaban. Los que no habían llegado a entender pero lo habían entendido todo. Los que quizás hubieran cambiado después de presenciar la función. Como ella. «¿Vamos a ir ahora de puros, Mari?» En el oficio de actor siempre habían existido las clases y cierta movilidad social: bufones, chaperillos, chicas de alterne, cuatro ojos, *gafapastas,* grandes lectores, friquis, bohemios, semidioses, idolillos, titanes, divas, recogepelotas y gente de orden. «Como Laura Falcón», ejemplificaba Lorenzo Lucas. Y Mari le regañaba, por malo, agitando el dedo índice.

«Nosotros no tenemos miedo de la gente. Nosotros somos ellos», Mariana se había guardado el fajo. Volvía a hablar de la gente y, cuando lo hacía, Lorenzo intentaba adivinar si la carga de la chispa eléctrica de dentro de sus ojos era angelical o demoniaca, porque la gente son maestras de niños huérfanos, niños huérfanos, campeones paralímpicos de natación, asesinos, la madre Teresa de Calcuta y el Papa del Palmar de Troya, violadores, viejecitas que viven solas y que nunca han roto un plato, científicos locos, trabajadores del matadero, especuladores, mujeres generosas que preparan grandes cenas y se quedan a velar a los pacientes de los hospitales, estudiantes desesperados, auxiliares de enfermería que te cogen la vena a la primera –¡benditas sean!–, traperos multados por la policía municipal, parados

211

de cincuenta que parece que ya han cumplido setenta y nueve, actrices que dejan de trabajar por viejas pellejas, adulteradores de potitos, aceites y otros alimentos, maltratadores, conductores que atropellan a un chiquilín y se dan a la fuga, donantes de sangre, prestamistas, cofrades de semana santa, tasadores del precio del agua, sacerdotes pederastas, ateos filántropos, gitanos que se rompen la camisa en las bodas, lectores que estropean los libros y lectores que los dignifican, defraudadores, chóferes de coches oficiales que piden compasión, poetas soplagaitas, casamenteros, progenitores que llevan a sus vástagos a los *castings* infantiles para anuncios, concursantes, remienda-virgos, hombres de mediana edad que pasan hambre, misioneros, fingidores, agorafóbicos, pornógrafos, ablandadoras de clítoris, espectadores atentos de la miseria, bachilleres que suspenden y esnifan pegamento, monárquicos, republicanos, presidentes que afirman que todo, todo, todo va como la seda, dentistas que te destrozan la boca por maldad, ignorancia, prisa, universitarios exiliados, contribuyentes, limosneros, nómadas, víctimas que no son ni buenas ni malas, sólo son víctimas, verdugos, mercaderes de aspirina y sueros fisiológicos, estanqueros que no dejan fumar en su garito, viejos achicharrados en torno a un brasero, diáconos que no creen en la virginidad de María, vendedores de té que han invertido todo su dinero ahorrado y ven pasar las horas detrás de un mostrador, habitantes de debajo de los puentes, cómplices de cualquier crimen, voceros del apocalipsis o de la resurrección de Jesús, gente con callo en la mano, obediente, mansa, corderos, groseros, dandis de cortesía infinita, alfeñiques, militantes, hipertensos, investigadores despedidos que fabrican un arma química, voces en off, *happy people, chefs, chefs, chefs,* críticos piadosos, disc-jockeys, bibliófilos hijoputas, párvulos que aprenden a leer, bellísimas personas, bellísimas a secas, administradores de lotería y de la pena de muerte, jueces sordos, médicos aburridos, propietarios de viviendas que aún conservan el paragüero, prebostes, testaferros, demócratas, acosadores laborales, adictos al sexo, señoras de la limpieza que estrellan un tren en Estocolmo, sátrapas, jubilados que hipotecan su casa para ayudar a los suyos, diseñadores suicidas, revolucionarios a quienes les repugna la sangre, adultos que no viajan nunca, deportistas buenos chicos que evaden capitales, obesos sin cama de hospital, fumadores que son los malos de todas las películas, vegetarianos, agradecidos, quejicas, raritos, potomaníacos, usuarios del WhatsApp, ciberatletas y gente que se hace un *selfie*, solitarios, hipócritas, relaciones públicas, lesbianas, explotadores, rostros anónimos y famosos, miembros de una clase media que tiene la conciencia regular, gente, gente mala a la que le urge sentirse buena, forofos del equipo ganador, clientes de planes de pensiones, consumidores de sanidad privada, gestores de un banco de alimentos, melómanos a quienes sólo les interesa la música, cirujanos plásticos que se lucran con la estupidez ajena y otros que reconstruyen la cara de una joven abrasada por el ácido, avaros, vividores que beben una noche, dos noches, tres noches, mujeres que limpian váteres mientras se cagan en todo, catedráticos de economía aplicada, pobres de solemnidad, putas y putos, mozos que embolan al toro de fuego, reguladores de plantilla, gente que gasta lo que no tiene, se empeña, alardea y compra cajas de leche en un almacén barato, culpables, culpables, senderistas, insomnes, gente, ahorradores, becarios, adolescentes que odian y cogen un fusil, cuerpos diez que sudan en el gimnasio, cocainómanos que mueren de infarto, carteros comerciales, telespectadores, tuiteros insultantes y tuiteros de azúcar glas, inmigrantes sin papeles, empollones, profesores misóginos, maquilladores de datos

213

estadísticos, sutiles envenenadoras, banderilleros, periodistas heroicos y periodistas muy, muy mentirosos, ancianitos que rellenan quinielas, trabajadores pobres, parricidas en defensa propia y mezquinos parricidas, villanos que pegan patadas a los perros, la niña que pisa la barra del pan, payasos que se tiran desde lo alto de un puente, resentidos, tipos que escupen de refilón y esconden una pistola por si llega el día, banqueros, artesanos industriosos, señores de mediana edad que toman la comunión vestidos de negro, ciudadanos que se construyen un chalé en una zona verde, empresarios que contaminan ríos, mares y montes, traficantes de armas, arrendatarios que tienen sus casas vacías, publicistas que venden el gato por la liebre, amaestradores de pulgas, abstencionistas, explotados de derechas y explotados que no saben que lo son, autoexplotados que se dejan los hígados en cada trabajito, titiriteras, gente, astrólogos, astrónomos, embaucadores, monjitas que llevan a votar en sillas de ruedas a los ancianos del asilo, mujeres que firman un contrato muy temporal y mujeres que ponen un tenderete en la calle y venden su ropa interior para poder alimentar a su familia, ladrones simpáticos, asaltacunas, familias adoptivas, meapilas intolerantes, fascistas, gente que gesticula con las manos, drogadictos, gente que hace regalos y gente que los recibe, muchachas que notan que la envidia es verde y les ensucia la lengua, muchachas que enseñan sus pechos, novios que escriben notas para enviar los ramos de flores, enanos que hacen juegos malabares, jefes sin rostro, blasfemos, follaburros, vecinos solidarios y vecinos delatores, clientes de lo que sea, clientes, clientes, gente sucia y gente limpia, falsificadores de dinero, manifestantes que rodean el Congreso de los Diputados y silenciosas mayorías nixonianas, voluntarios que reparten sopa y bocadillos de queso durante noches alfiler, nenes que falsifican las notas, afectados del síndrome de Down que fichan puntualmente, gente que se vende y se corrompe por necesidad, vicio, moda, porque es imposible no hacerlo, antiabortistas, jóvenes que leen la prensa deportiva, internautas, ratones de biblioteca, todo eso es gente y gente y gente y, cuando Mariana hablaba de la gente, hablaba de cuatro gatos porque no había tenido en consideración a los liquidadores de las empresas ni a los policías que abusan de su poder ni a los que niegan un fármaco a un enfermo del hígado. Viva la gente. La gente a la que le hablamos. La misma gente que siempre oye las mismas cosas. Gente.

Lorenzo estaba seguro de que formar parte de la gente, ser gente, ni siquiera persona, no era un argumento válido. Y volvía a desconfiar de esa chispa eléctrica que le alumbraba la mirada a Mari. Porque ella no podía ser tan tonta como para creer en lo que decía. Para decirlo sin una pizca de maldad. Sin embargo, Lorenzo optaba por quedarse con el lado más benigno del destello. «No pienso más», pero vacilaba, suspendido en la cuerda, en una posición incómoda. Adivinándole a Mariana la bondad o el cinismo en la chispita que le electrificaba los ojos y se los llenaba de divertidas patitas de gallo. Lorenzo Lucas se sacudió las malas ideas como un perro se libra de las pulgas. Le apretó a Mariana las manos todavía más fuerte: «Esto te lo doy para que te lo gastes en vino.» Una pausa. «Para que te lo gastes en teatro.»

«¿Y tu mujer qué piensa de todo esto?» Lorenzo le dio el primer trago a su cerveza y rememoró a Natalí con un aura utópica y delictiva: «Mi mujer piensa que siempre es mejor robar que pedir.» Con esperanzado realismo: «Mi mujer piensa que los cómicos somos una cadena de amor.» A Mari no le importaba mucho Natalia de Miguel. Ni siquiera llegaba a ponerle cara y se regañaba a sí misma por tenerles tan poco respeto a las estrellitas fugaces. Mariana se castigaba porque no era del todo buena, buena, buena: «¿Sabes, Loren? Ya no hay subvenciones, sólo impuestos.» Pero enseguida ponía fin a sus actos de contrición. Seguía a lo suyo: «¿Sabes, Loren? El teatro hoy es más político que nunca sólo por el hecho de seguir siendo teatro. Sin pantallas interpuestas o distorsiones de la voz. Por su dimensión física.» También Lorenzo estaba convencido de que el teatro siempre se había situado en las antípodas de la muerte. Le asaltó la imagen de la Urrutia, colibrí, camaleón, reptil, corazón al que le iba a costar mucho pararse. Le asaltó la imagen de Valeria hace mucho durante un ensayo: «Déjame veinte euros.» Lorenzo no quiso preguntar para qué eran y después Valeria, empalidecida hasta el límite por los polvos de arroz, interpretó una escena de muerte. Una agonía. Al fondo, se escuchaban las conversaciones de los técnicos. Olía al aceite de los pepitos de ternera aplastados entre el pan. Valeria, aquel día, se murió con dignidad y decencia. A lo mejor se había tomado algo. A lo mejor se había tragado una tiza. Algo. Lorenzo, muy tierno desde que estaba tan gordo, también apreciaba a aquella mujer mucho más de lo que se atrevía a confesar. Pero Mari no permitió que su melancolía se lo tragase. Ella ya se movía de un lado a otro de la casa, buscaba un texto en los estantes de su librería, parloteaba: «Lo hermoso del teatro es que nunca se produce la comunión de las almas. Siempre hay una pieza que no encaja. Un desajuste. Una pata desencolada de la silla. Lo hermoso es eso que no pega, un color mal combinado, eso que el espectador percibe y no le deja meterse del todo en la piel del personaje y mucho menos en la piel del actor...» «Sí, sí, eso es, eso», jaleaba Lorenzo. «Eso es, sí.» A Lorenzo Lucas le daba lo mismo. Perseguía los cambios de tono de la chispa eléctrica en los ojos de Mariana. Mientras él dudaba de la bondad de los puros de corazón, ella buscaba textos, libretos, guiones, hablaba y hablaba y él le respondía: «Sí, sí, eso es, eso...» Y así siguieron toda la tarde hasta que, una vez acabada su charla en un colegio, llegó Fito y se maravilló de todo y se comieron las pechugas. Pocas veces Lorenzo se había sentido el empalagoso protagonista simultáneo de un *déjà vu* y de un *happy end.*

La Falconcita

Me pienso pensando y puede que ése haya sido mi gran problema. Fenomenológica y abstrusa, me pienso pensando y creo que ya no debo dar muchas más explicaciones de por qué dejé la farándula y me quedé en mi piso, con una perra que ya no se llama Macoque, escribiendo sobre las cosas que pasan y sobre cómo me pienso pensando. Compulsivamente. Soy tan fea. Resulta hilarante mi insólito, impredecible parecido, con la tía Elodia. Sufrimiento. Nervios. Tensión. La vibración de una hoja en la corriente de aire. Pongo en los platillos de la balanza el elogio y la crítica –me meto en el papel de una farmacéutica oriental que coloca en los platillos la porción exacta de ginseng–, prorrateo la satisfacción y el mal sabor de boca, y el fiel siempre se vence del lado de lo malo. El aplauso halaga la vanidad durante un lapso liliputiense de tiempo: lo que dura una gota de perfume en la muñeca. Menos. Sin embargo, la bofetada rompe por la mitad la columna y la lesión no suelda jamás. Soy una parapléjica. Un clavito cada vez más incrustado en el taco de nogal. Trabajo con el cuerpo y percibo poco a poco la joroba que me nace en el omóplato. La curvatura. Me protejo la cara con la mano y me encorvo para que no me propinen un cachete. Luego, como me pienso mientras pienso, sé que todo son exageraciones y que no tengo motivos para tanto resquemor. Nadie fue nunca tan duro conmigo. Aunque yo lo sintiese así, amenaza agrandada, agresión descomunal, en el desaire intrascendente. No me puedo desprender de esa mueca de autodefensa crónica. De la lateralidad. No abro mis corazones –tengo muchos– como una sandía delante de los conocidos. Ni de los amigos del alma. Pundonor. Higiene. Precauciones. Avaricia. Todo junto.

No me sé pasear sacando la cola como los pavos reales. El querer pasar desapercibida, en una actriz, es un deseo aniquilador. Una pulsión de muerte. La actriz se borra la cara cada vez que se finge Cleopatra o Currita Albornoz, pero, mientras se desdibuja los rasgos, los subraya, los grita, es ella, ella, ella, mientras se está borrando, es ella con letras mayúsculas. Quiero y no quiero. Yo siempre hubiese querido ser la mujer disfrazada de piña. La piña que lleva dentro una mujer. La gamberra enmascarada. La voz en off. No me sale. Siempre, siempre, me he tomado tan en serio a mí misma. Estoy enferma. Elogio, golpe. Soy como la tía Elo, pero yo no me casé con un notario ni con un registrador de la propiedad ni con el afamado actor de cine con el que debería haber contraído matrimonio justo al ingresar en esa etapa, artificialmente dilatada, que ahora llaman juventud. No comparto mi vida más que con esta perra que ya no se llama Macoque. Se llama Natalí. ¿No me preguntáis por qué?

De Daniel Valls nunca más se supo. Me pienso pensando que tal vez se tiraría de un puente cuando nadie lo veía. Puede que a su cadáver se lo hayan comido, a bocaditos, con sus pequeñas boquitas de pez, a buchitos, los peces de un río helado que se quedan ahí en invierno, en la misma posición. Los peces, aunque sean de Wisconsin e incluso más por el hecho de serlo, notarán en el cielo de su paladar que han degustado un producto con denominación de origen y puede que pidan un palillo para sacarse los restos de entre los molares después de comer. Camarero, ¿tienen mondadientes en Wisconsin? Daniel Valls. Aceituna rellena de anchoa. Manitas de cerdo. Vino con olor a turbera y a bodega soterrada en el valle del Duero. O puede que el ganador de la Copa Volpi haya demostrado sus inmejorables aptitudes y se haya puesto unas gafas de montura metálica. Reconvertido en vendedor de coches de segunda mano. Con traje y verborrea. Fumando tabaco rubio emboquillado y oliendo a una colonia de padre de familia. Una colonia que es un dulzón regalo infantil. Transmutado en un hombre mucho más tirillas o mucho más gordo. Con la raya del pelo cambiada de sitio y los andares irreconocibles. Un frenillo le obliga a evitar las palabras con erre doble. Como si fuera francés cuando, en realidad, sólo es un deficiente articulatorio, uno que finge que para él es imposible pronunciar *porro, perro, parra, porra... Pogo, pego, paga, poga.* Cuánto nos gusta burlarnos de una configuración defectuosa –no, no es ésa la palabra que ando buscando: se nota que aún estoy en un nivel de principiante–, de la arcada dentaria, de las cicatrices que recorren la lengua. De los problemas cerebrales y de las saladísimas dislalias –me mondo y me sujeto la barriga para que no se me derramen por el suelo los intestinos delgados de tanto que me río–. Puede que Daniel duerma dentro del satisfecho estómago de una carpa del estanque. O que se haya transformado en hueva de esturión. O en vendedor a puerta fría que cotidianamente se pone a prueba: a) como vendedor; b) como actor que hace de vendedor a puerta fría, ganador de la Copa Volpi, que desempeña tan bien su trabajo, que nunca es descubierto por nadie y además vende una aspiradora, una lamparita de mesa

Tiffany –falsa–, una enciclopedia del antiguo Egipto y una máquina de gimnasia pasiva.

Y, sin embargo, la exageración de la muerte o la posibilidad de reinventarse, comprar un felpudo nuevo, ser de pronto otra persona, sólo ocurren en las películas de Hollywood. Sólo en las películas de Hollywood De Niro y Brando ganan peso, sudan, son repugnantes y bellísimos, Christian Bale se arranca el pelo a mechones para parecer calvo o adelgaza treinta kilos para rodar *El maquinista*, y Renée Zellweger se borra la cara para realizarse como mujer –Renée no puede envejecer y necesita más de mil dólares mensuales para mantenerse– y se la vuelve a pintar rebajando los mofletes y redondeándose los ojos como una acomplejada niña japonesa que se practica en los párpados operaciones mucho más salvajes de las que fue capaz de concebir Stanley Kubrick. ¿Cuánto puedes aguantar sin respirar?, ¿cuánto puedes aguantar sin parpadear?, ¿cuánto puedes aguantar con las pestañas clavadas en la esclerótica? Sólo en esos países lejanos –de cartón piedra– un hombre lo deja todo, se va de su ciudad, abandona a la familia, los perros, los pajaritos en la jaula, sus geranios, y se muda a un lugar donde, con una chaqueta nueva y otra forma de marcarse la raya del pelo, encuentra un trabajo que le permite salir adelante. Camarero, repartidor, vendedor de pisos, taxista, buhonero, decorador de interiores... Me apunto en varias webs de búsqueda de empleo. Soy una actriz en paro porque me da la gana o, a lo mejor, mi santa voluntad no es tan mía como sería de esperar. Soy una desencantada profesora de actores o una actriz desencantada que ejerce de profesora. Escribo. Es decir, me oculto. Soy lo que me digan que sea, y no intento entender en qué consisten los más variados oficios: especialistas en tráfico capilar, carretilleros retráctiles con holandés para días sueltos, conserjes políglotas para el turno de noche de una urbanización en la sierra. Jornada de medianoche a ocho de la mañana. Narcolépticos, insomnes, noctívagos y psicópatas abstenerse. Me están buscando a mí. Y a todos mis compañeros. A todos los saboteadores y a los asesinos en potencia. No hay huevos. No hay ovarios. No hay de nada. Aún soñamos que podemos redecorar nuestra vida con el felpudo rosa de un gran almacén de muebles. Con nuestras manitas que clavarán los clavitos de la estantería desmoronada sobre la cabeza del bebé, aún no destetado, de nuestra mejor amiga. Natalí, no muerdas los cojines. Natalí, *be quiet! Shut up! Seat!*

Me pienso pensando y me transformo en Daniel, Lorenzo, Mili, que tuvo cientos de razones para dejar la profesión. Cuando dejas el arte para el que estás llamado te dicen que es porque no te gustaba lo suficiente. Eres el renegado que renuncia a un don y, en definitiva, no perdemos nada, el mundo no pierde nada, la sociedad no pierde nada, este país no pierde nada, porque debajo de los níscalos de los pinares nacen los titiriteros y los violinistas virtuosos. Nadie piensa que el titiritero y el violinista virtuoso tienen una boca y asimilan por las fibras de su intestino las sustancias necesarias para crecer, reproducirse y morir. Nadie pide mucho más. Puedo pensarme pensando como Julita Luján y como el solícito hurón que quita el polvo de los muebles con su dedo índice lleno de anillos dactilares. Tronco de árbol talado. Salchichitas cortas dentro de un bote de conservas. Me pienso pensando y no me divierto en absoluto, aunque sé que por debajo de las lenguas malhabladas a veces se ocultan corazones líricos.

Me gustaría que mi mano al escribir fluyese y la escritura evocase la imagen de los raíles del tren, de los hilos tendidos, infinitos, de los postes eléctricos y, sin embargo, nunca, nunca es así. Me sorprendo siempre en la contractura de la mala posición en la silla. En el dolor de las vértebras. Y cuando recupero mi gesto corporal normal –¿normal?–, mi temperatura de treinta y seis grados centígrados, cuando dejo de ser una jorobada, vuelvo a pretender que la escritura mane como la respiración, incluso como esa respiración que toma conciencia de sí y se transforma en asfixia, asfixia, asfixia. Escribir no me libera. Es el desnudo y el desnudo es la pose, el gesto que descubre quiénes somos o quiénes quisimos ser. Me pongo el traje de Natalia, me visto de Ana Urrutia y sobre mi ojo superpongo su ojo reptiliano. Interpreto. Siempre acabamos a cuatro patas, con los empastes al aire. Muertos de frío. Nos tapamos las vergüenzas con la mano. Nos exponemos –¿o exponen?– dentro de la urna en medio del jardín en un ventoso y desapacible –ésa es justo la palabra que siempre ando buscando– día otoñal: los que aprietan las teclas o agarran el bolígrafo, diestros o zurdos, Valeria Falcón, yo, Galdós y Valle, Natalia Ginzburg, Cesare Pavese, Dash y Lillian Hellman, Marguerite, Jean-Paul, Patricia Highsmith con su gesto de bulldog, Fiódor Dostoievski, todos, en última instancia, desnudos, delante o detrás del pelotón de fusilamiento y de la ofrenda de flores. La Virgen puta. A los muertos se les llevan coronas de crisantemos amarillos. Poco a poco se va haciendo de noche. Yo no escribo para que nadie se reconozca en su parte inteligente, sino en su más abyecta y entrañable vulgaridad. En su caca, en su culo, en su pedo, en su pis. En el niño hijo de puta que fue y que posiblemente sigue siendo. Escribo con contractura igual que cuando taconeaba sobre la tarima de un escenario. Siempre, siempre, estoy afónica. Escribo levantando exageradamente el hombro que acaba en la garra de ave zancuda –o de rapiña– de mi mano derecha y como actriz exagero los alzamientos nacionales de la ceja izquierda, la profundidad del chorro –no del hilo– de voz en el momento de decirle a la chacha que por fin, querida, es ya la hora de servir el café. El azúcar, el arsénico, las inundaciones.

Trabajo con el cuerpo. En cualquier parte. Mientras practico la caligrafía. El rabito de la *a* o el semitrino en que se remata la letra *be*. La *t* mayúscula de Teresa. La curva de Charlotte. Trabajo el cuerpo. Al caminar como si fuera más vieja de lo que en realidad soy. Cuando me transformo en espadachín o follo delante de todo el mundo en una sala donde sólo entran veinte personas que me ven los granos y los callos de los pies. Nunca más. Aunque lo eche de menos. Aunque oiga voces y alguien tire de mis tobillos para levantarme de la cama. Ven, ven, ven. No correré nunca por los parques. Ni haré gimnasia. Trabajo con el cuerpo cuando muevo el músculo ocular y dejo que las comisuras de mis labios caigan vencidas por las leyes de la gravedad, y de la oferta y la demanda. Me noto las costillas y el reverbero de la respiración. Y la sed. Delante de vosotros. Siempre delante. Hasta cuando me escudo en el alfabeto y en la distancia que impone el lenguaje. El lenguaje es proximidad y distancia. Incluso cuando quiero estar sola noto los ojos, el acecho que proviene de todos los lugares. O de ninguno. Entonces, viene el helor y la cura de humildad. Tengo que pagar la luz.

Mancho con mi ira, con mi culpa, dejación o fracaso, con mis malas palabras todo lo que miro. Todo lo que he querido penetrar. Analítica o sexualmente. Por eso no tengo compañía y sólo podría comprar el amor con monedas. Con regalos de los que no dispongo. Tengo una perra que se llama Natalí. Es una perra buena y cuidadora de la casa. Lamedora. Catalítica.

El ínclito Addison DeWitt –cuánto me gusta el tío cerdo–, desde el comienzo de *Eva al desnudo*, lo contamina todo con el humo de su sofisticada boquilla. Vemos *Eva al desnu-*

do y pensamos en un orfeón, una coral afinada de sopranos, tenores y barítonos que cantan a capela. Pero estamos engañados porque sólo DeWitt dirige las modulaciones vocales, con su diapasón en *la*. Con su destreza sibilina. Él se camufla hablando del teatro mientras en el fondo expresa su miedo, su odio, sus ganas de domar a esas divas, violentas e inseguras, que somos todas las mujeres. También yo me mancho de esa mirada de DeWitt y ridiculizo a Charlotte Saint-Clair. Si esta historia la hubiese contado ella, se habría llenado de detectives y habría empezado con la desaparición de un actor famoso: Charlotte lleva hasta ese extremo su asunción del discurso liberal. Pinto la doble cara de la estupidez de Natalia, la agresividad misántropa y desabrida de Ana Urrutia. Soy Lorenzo Lucas y una polla rechoncha me sirve de antena. Y no me orienta nada mal. Me pinto a mí misma, yo, la pésima y esperanzada actriz dramática. Me hago a mí misma el favor de no querer a todo el mundo y me gano el derecho de no ser una completa imbécil.

Ahora noto que el teatro y sus máscaras me facilitan la tarea de pensarme pensando dentro de otros. Me facilitan la ocasión –quién sabe si fallida– de asumir otras voces. Lo hago sin amor. Y con furia. La imitadora. La caricaturista. La tierna ventrílocua. O tal vez mi «me pienso pensando» subraya mi empatía con el mundo, sus personas y sus personajes. Ahora me río. Recuerdo un ensayo donde la directora nos dice «Ahora tenéis que *plosionar*» y todos nos miramos para copiar al que supiese qué era la *plosión*. Tuvimos que fingir e imaginarlo porque ninguno había *plosionado* nunca. «*A plosionar.*» El emperador va desnudo pero nadie dice ni una palabra y nos miramos como niños que no saben resolver la raíz cuadrada de doscientos treinta y tres –me duele la tripa y me duele la tripa y me duele la tripa–, y buscan al compañero, ducho en matemáticas, para que les pase un papelito por debajo de la mesa. Para aprobar el examen. Había quien, para *plosionar*, respiraba con jadeos y quien hizo «pum». Hubo quien asumió una manera asmática de decir sus frases y quien elevó el tono hasta parecer Júpiter. *Plosionar*, al fin, era una técnica que consistía en hablar como en un maullido permanente. *Marramamiau* en el fondo de las declaraciones de amor. Me noto la cola tiesa –tensa– por encima del ano y siento unas ganas infinitas de restregarme contra las patas de las sillas. Al *plosionar* los ojos se achinan y se extraña la manera de decir. De pronto, la voz me sale del útero y me borbotea en la garganta como a los animales de misterio. Nunca seré Ana Urrutia. Aunque a veces rozo esa posibilidad y retiro la mano como si fuera a quemarme con agua caliente. Quiero y no quiero. Me asusto. No le pregunto a la directora por qué tenemos que *plosionar*. Sencillamente *plosiono*, *plosionamos*, Lorenzo Lucas *plosiona* conmigo, porque Lorenzo siempre ha estado por ahí y los actores trabajamos juntos, estamos juntos, somos un cuerpo disociado en sus miembros armónicos, sabemos que la materia atrae a la materia y somos obedientes. U obedecemos. Al final del ensayo los actores nos tomamos una caña. Nos reímos de nuestras *plosiones*. Somos un grupo que danza sobre el escenario. Mis pasos son sus pasos y mis vacilaciones las suyas. Mi *fa* encaja en la partitura sólo porque mi compañero es *sol* y mi compañera *re*. Todo eso sí que lo echo en falta. Pero me puse enfrente del espejo y asumí que no sabía, que no podía, que no convenía, que nunca, nunca, llegaba a estar bien. Que mis compañeros me trataban con excesiva dulzura y que sólo yo podía recular, encontrar la puerta trasera, planificar una retirada honrosa. Pagar la luz.

Luego queda el ejército de los buenos cómicos, de las inmejorables actrices, que se desgastan los nudillos llamando a las puertas. Y vuelven a casa. Y sirven copas. Y hoy no y hoy sí y hoy no y hoy no y hoy a lo mejor y hoy no y hoy tampoco. Y se ven siempre niños con cincuenta, sesenta años, esperando el santo advenimiento, esa suerte que, conjugada con el talento personal y la capacidad de trabajo, es condición indispensable para alcanzar el éxito. Y cuando llega uno no sabe lo que es o si lo quiere. Todo estorba. Pica como la lana de un jersey tricotado en los setenta. Aunque lo peor es que ni con suerte llega, o cuando llega no se experimenta como tal. Pero lo que ocurre, siempre, en la mayoría de los casos, es que no llega nunca. No existe, no es ni significa. Los actores vocacionales, los ingenuos, los estúpidos, se ganan las perras en fiestas infantiles, aceptan un trabajo de dependiente o de captador de clientes de oenegés. Dan la vuelta a la hamburguesa en la cocina industrial. Preparan pedidos. Esperan. Hacen cola. Se dicen que a lo mejor el mundo ya no necesita de más representaciones. Ni teatrillos ni espejos deformantes ni *The End*.

Hoy mi empatía se muestra en esta antipatía con la que escribo. Soy una radial que rechina cortando el acero. Quizá mi «me pienso pensando» constituye una prueba: la de que soy incapaz de salir de mí misma, y la escritura siempre es un modo del ensimismamiento y la autocompasión. La necesidad de hablar desde detrás de una celosía, para que nadie nos mire directamente a los ojos. Y así escribir siempre sería una renuncia. Un exilio. Una manera de fingir que uno sale al encuentro del otro cuando en realidad rumia, digiere, regurgita, mastica, relame, traga, se nutre, defeca sus propias e intransferibles palabras.

Bien, he aquí una teoría más. Una teoría que no es arcangélica ni se basa en el pensamiento lógico. La veo ahí, justo delante de mí. En un lugar que nunca será una red –ni tela de araña ni sinapsis ni protección del trapecista– a no ser que la red sea la malla de pesca donde mueren los peces. Por la boca y porque se les priva de la posibilidad azul de que el oxígeno les llegue a la cámara branquial y a sus filamentos de pez. Todos los peces se mueren porque los sacan del agua. Estamos enterrados y hablamos en voz alta para no morirnos. Para constatar que aún la tierra no nos ha desecado la boca y la faringe. Para, en nuestra soledad, hacernos compañía. Para no enloquecer o enloquecer definitivamente. Hablamos sin la prepotencia o la falsa esperanza de aspirar a ser escuchados. Hablamos porque no nos queda más remedio que hablar. Vivimos en una situación permanente de últimas palabras. Diga sus últimas palabras. Para quién fueron sus últimas palabras. Tenía tu nombre entre los labios como si fuera una flor. Un rojo, rojo clavel. Testimonio y testamento. El agua que rezuma de la tubería rota.

ÍNDICE

Impreso en Talleres Gráficos
LIBERDÚPLEX, S. L. U.,
ctra. BV 2249, km 7,4 - Polígono Torrentfondo
08791 Sant Llorenç d'Hortons